PÅ VEJ
Otte udvalgte noveller

Rudersdal Bibliotekerne er på vej ... Spørgsmålet er – hvorhen? Vores håb er, at vejen går mod en fremtid, hvor vi kan opfylde alle borgernes ønsker til et tidssvarende bibliotek! Derfor arbejder vi på højtryk for at udvikle de tilbud, som vil være til gavn for borgerne nu og i mange år frem.

Med afdelinger i Birkerød, Holte, Nærum og Vedbæk er der altid litteratur på vej fra den ene ende af kommunen til den anden. Og bevægelse spiller en stor rolle for mange af borgerne, både i forbindelse med uddannelse, arbejde og fritid.

Rudersdal Bibliotekerne er en del af Kulturområdet i Rudersdal Kommune og spiller en aktiv rolle i det lokale kulturliv som kommunens største kulturinstitution. Biblioteket er indgangen til kultur, viden, information, oplevelse, vejledning og læring for kommunens borgere – og Rudersdal Bibliotekerne er for alle. Rudersdal Bibliotekerne er også et attraktivt og uforpligtende møde- og aktivitetssted for borgerne uanset baggrund og alder. Biblioteket bidrager til at skabe relationer, tilhørsforhold og lokal sammenhængskraft i Rudersdal Kommune.

Rudersdal Kommune er en grøn kommune, som ligger dér, hvor Københavns forstæder hører op og Nordsjællands skove, søer og åbne landskaber begynder.

Mere information på www.rudersdalbibliotekerne.dk

BoD – Books on Demand – er førende på det europæiske marked inden for digital bogproduktion og råder over mere end 1,1 mio. print on demand-titler, som er klar til levering. Med sin digitale udgivelsesplatform tilbyder BoD forfattere og forlag professionelle ydelser inden for produktion og salg af trykte bøger og e-bøger. Alle BoD-titler, som er registreret i boghandlernes bestillingssystemer, kan fås overalt på det danske bogmarked, bl.a. hos Saxo.com og Williamdam.dk.

Mere information på www.bod.dk

PÅ VEJ

Otte udvalgte noveller

UDGIVET AF RUDERSDAL BIBLIOTEKERNE
I SAMARBEJDE MED BOD

Forlag: Books on Demand GmbH – København, Danmark
Fremstilling: Books on Demand GmbH – Norderstedt, Tyskland
Bogen er fremstillet efter on demand-proces

ISBN 978-87-7145-895-4

Indhold

Forord

I foråret 2014 udskrev Rudersdal Bibliotekerne og BoD en novellekonkurrence for kommunens borgere med emnet "på vej" i det håb, at netop det emne ville give mange forskellige associationer hos deltagerne. Heldigvis viste de indsendte noveller, at der ganske rigtigt er mange måder at være "på vej": Der kan være tale om en fysisk bevægelse fra ét sted til et andet, et indre, mentalt udviklingsforløb, en overgang fra én livsfase til en anden eller måske en rejse til en anden tid eller en anden dimension.

Juryen blev sat på en svær opgave med at udvælge de bedste bud, som helst skulle vise spredningen i forfatternes alder og køn, men også bredden og forskelligheden i temaer, stil og indhold. Resultatet er denne samling på otte noveller, startende med Kamilla Tolnøs vindernovelle "Svane", som smukt beskriver en ung piges løsrivelse fra sine forældre, det øjeblik hun bliver voksen.

God tur gennem novellelandskabet!

Laura Noszczyk og Julie Garde
Rudersdal Bibliotekerne

Birkerød, juni 2014

Juryen bestod af:

Birgitte Hamborg, underviser i litteratur
Nils Bjervig, konsulent og redaktør
Christina Englund, forfatter og underviser
Tine Fellenius Christensen, bibliotekar
Julie Garde, kulturformidler

Svane

Kamilla Tolnø

Klokken er næsten syv, da tusmørket revner, og en kølig regn begynder at dale ned fra himlen. Jeg indser med et sagte suk, at jeg må forlade mit pusterum for nu. Parken er det eneste sted, hvor jeg kan genskabe en snert af den kontakt, jeg havde med naturen, før jeg blev forflyttet. Lejlighedskomplekset ligger i et nybyggerkvarter nær industriområdet og er så langt fra bøgetræer og fuglesang som overhovedet muligt. Det vil tage mig mindst en halv time at vandre hjem, så jeg misser aftensmaden, men det gør mig ingenting, for jeg føler mig alligevel som en fremmed, når jeg sidder til bords med en familie, der ikke længere er min egen.

Kun når jeg fylder den friske luft i mine lunger og hører brisen i bladene, husker jeg, hvordan hjem virkelig føles.

Jeg skridter ud af parken med bøjet nakke og hætten foldet som et skjold om mine krøller. En femsporet vej med glatte, sorte biler i evige kæder leder mig hjem. Indimellem glider en sneglelignende bus forbi. Der går én direkte til min hoveddør, men jeg har aldrig brudt mig om offentlige transportmidler. For det første er det klemt og indelukket, for det andet er det ofte hurtigere at gå, fordi der er så meget kø.

Det lykkes mig at slå hjernen fuldstændig fra, helt indtil jeg står foran glasfacaden og kigger op mod den koksgrå himmel, hvor skyskraberen ender. Jeg tager elevatoren op, går langs gangene og tøver et øjeblik foran døren. Så stikker jeg nøglen i låsen, åbner døren og træder ind.

Det smukke, hvide dyr går omkring på bredden og nipper til nogle stykker gammelt brød. Den er knap så yndefuld på jorden som i vandet, men den har bibeholdt sin majestætiske positur, og de mindre fugle omkring den tøver ikke med at lade den komme til.

Den løfter sin lange vinge og plukker et par fjer, der stille daler til jorden. Så falder dens blik på et par af dens artsfæller, der flyver på himlen som sorte silhuetter mod det klare blå. De forlader de tilfrosne småsøer, og fuglen ved, at den ganske snart er tvunget til at følge dem mod åbne vande.

Deres lejlighed er som et akvarium uden vand. Rene linjer, enkle figurer og skarpe kanter, grove møbler, abstrakte malerier og rå detaljer. En hel væg af glas tillader de sidste orangerøde solstråler at give alt det blege og grå lidt farve. Jeg lister henover det hvidmalede plankegulv via gangen ud i køkkenet. Alt i køkkenet er hvidt bortset fra det sorte komfur og skærmen på væggen, der er så tynd, at den næsten synes at gå i et med væggen. Jeg kanter mig forbi køkkenøen og barstolene for at åbne køleskabet. Nogen – min mor, tror jeg – har stillet aftensmaden frem til mig, men jeg nøjes med en juice.

Min mor, stedfar og stedsøster sidder samlet i stuen. Jeg bliver næsten helt overvældet af alle de ting, der kører, da jeg træder ind. To skærme med fuld lydstyrke viser hver sit program, samtidig med at elektronisk musik løber ud af højttalerne. Der er ikke noget, jeg foragter mere end den nye stemmeløse musik. Jeg savner den gamle musik, kunsten, der virkede så befriende ligesom sex og stoffer.

Min søster kigger op fra den cremefarvede sofa. Hun er vist ikke så gammel, fem år, tror jeg, men ikke desto mindre er hun fænomenal til alt, der har med elektronik at gøre. Hendes fingre danser henover tabletten i hendes skød med største lethed. Et lille, uskyldigt smil sender hun mig, inden hun vender tilbage til sin altopslugende virtuelle verden. Jeg tager mig i at spørge mig selv, om hun nogensinde har været i en skov.

Jeg undgår at kigge på mine værger, imens jeg krydser stuen for at nå til mit værelse. Min mission er tæt på fuldført, da min mor kalder mit navn. Jeg vender mig demonstrativt om med et træt blik.

Det er selvfølgelig min stedfar, der tager over. Det gør han altid.

Han rejser sig fra sofaen og nærmer sig mig. Han begynder på en lang smøre om ansvar, respekt og sammenhold i familien, men jeg forstår ikke, hvad han siger. Ordene giver lige så lidt mening for mig, som hvis det var bobler eller fjer, der passerede hans læber. Det eneste, jeg opfatter, er hans lange skridt mod mig og det rovdyrlignende udtryk i hans øjne.

Jeg har egentlig ikke så meget at sige om min stedfar. Ganske kort forbinder jeg ham med alt det, jeg hader her i verden. Bilos, operationer, høje lyde, sorg, medier, højhuse, fordærvet mad, vantro samt tusind andre ting. Derfor føles det truende, kvælende, angstfremkaldende, at han kommer tættere og tættere på mig.

Jeg bider mærke i, at jeg læner mig en smule frem og samler hænderne på ryggen, hvor jeg krummer dem som kløer. Det irriterer mig. Hvad nytter fysisk forberedelse, når kampen udelukkende er psykisk? Han har aldrig rørt mig. Ord er hans eneste våben – men det er yderst magtfuldt.

Han er kun to-tre skridt fra mig nu. Jeg er på randen af et sammenbrud, da jeg trykker mig op mod væggen og sammenbidt hvisler: "Hold nu kæft, din nar."

Han stopper, både hans fødder og hans mund stivner i deres igangværende bevægelser. Min mor og søster hæver blikket, jeg kan se min mors bange blå blik henover mandens brede skulder. Han retter sig helt op, og jeg kan se, han må beherske sig for ikke at gå i udbrud. Hans fingre sitrer, og han har svært ved at holde blikket stille. Jeg har aldrig sagt noget til ham før, jeg har altid dukket nakken og taget imod. Jeg trækker hovedet væk fra ham for at forberede mig på slaget, men der kommer ikke noget, og med ét slapper han af. "Hvis du ikke kan følge familiens regler," siger han, smiler nu også en lille smule, "må du finde dig et andet sted at bo."

Det bevingede væsen bliver liggende på bredden, til dens mave knurrer af sult. Den har puttet sig for at holde varmen, men er nu klar over, at den må på jagt efter mad. På de brede fødder vralter den ned mod det lille hul i vandet, der ikke er tilfrosset. Det kommer som et chok, hvor lidt plads der er tilbage, og hvor mange fugle der er samlet netop der. Hurtigt bliver det tydeligt for fuglen, at hvis den vil overleve den kommende vinter, må den søge mod landets åbne kyster.

Så snart jeg får lov at gå ind på mit værelse, går jeg i seng. Jeg rejser væk herfra i morgen tidlig.

Min mor har prøvet at få os begge til at falde ned ved at undskylde på begges vegne og få os til at give hånd. Hun sagde til mig, at han blev ophidset og ikke mente, hvad han sagde. Men for første gang i min livstid er jeg enig med ham. Jeg har fundet mig i det her alt for længe. Det er godt for alle, hvis jeg rejser, men i sidste ende allerbedst for mig.

Tidligt næste morgen står jeg op og begynder at pakke. Jeg bruger min gamle sportstaske, og størstedelen er tøj. Jakker, trøjer, bukser, undertøj og et ekstra par sko. Udover det tager jeg også min fars gamle jagtkniv, nogle arvesmykker, min tandbørste og et stykke sæbe.

Inden jeg går, tager jeg et bad. Det er sidste gang, jeg tager bad i en dobbeltbrusekabine med et kæmpe brusehoved, seks dyser og en menu med femogtyve forskellige valgmuligheder, og jeg kunne ikke være lykkeligere. Knapperne i menuen er nummererede, og kun i brugsanvisningen kan man se, hvad de forskellige gør, så jeg trykker bare de samme seks tal, som jeg altid har gjort. Min fars dødsdato.

Iskoldt, hindbærduftende vand sprøjter ud fra to af dyserne og brusehovedet over mig. Vandet løber nedover mit ansigt og tager tårerne med i afløbet. Det er nærmest en tradition, at jeg græder, når jeg er i bad. Det er højst irrationelt, men i badet mindes jeg min far. Han var en modig mand, frygtløs, men med et godt hjerte, der rummede alle. Jeg kan ikke længere genkalde mig hans ansigt eller hans stemme, men jeg husker kærligheden, og kærligheden er det vigtigste.

Jeg sæber mig ikke ind, jeg står bare der, indtil jeg ryster af kulde. Så tørrer jeg mit hår og iklæder mig det varmeste og mest slidstærke sæt tøj, jeg har. Jeg er klar.

Jeg er på vej ud, da kaster jeg et blik ind på min søsters værelse. Hun er vågen. Hendes næse stikker kun lige op over dynen, men jeg kan se, hendes øjne følger mig. Jeg lister ind til hende og sætter mig på sengekanten. Hun er bedårende, som hun ligger der, søvnig og fuldkommen uspoleret. Så kortfattet som muligt prøver jeg at forklare hende, hvad livet virkelig handler om. Kunst og kærlighed, siger jeg. Jeg skriver det på hendes opslagstavle, så hun aldrig glemmer det. Til farvel får hun et lille kys på håret.

Jeg kan høre min mors skridt på vej ned ad trappen til værelset, så jeg småløber ned ad gangen og ud ad hoveddøren. Da jeg utålmodigt står og afventer elevatorens ankomst, åbner hun hoveddøren. Hendes trætte blik under det filtrede morgenhår rammer mit et kort sekund, og jeg får nærmest kvalme over den sorg og selvmedlidenhed, jeg ser. Hun beder mig blive med indtrængende stemme.

Og jeg svarer: "Jeg bliver hos dig, hvis du går ind til ham og beder ham skride ad helvede til med det samme. Jeg bliver, hvis du sælger lejligheden og bilen og alt det andet, han har bragt med sig. Hvis vi flytter tilbage på landet, vi går tilbage til at leve af naturen, og du igen anerkender fars eksistens, så er vi stadig sammen." Elevatordørene bag mig åbner sig, og jeg træder ind i den lille kabine.

Min mor skutter sig og lægger armene om sig selv, som om hun fryser. Men hun er tavs, og de blå øjne er ulæselige. En lille tone lyder, og dørene lukker sig sammen foran mig. Jeg sænker blikket, idet de kapper resterne af det bånd, der var mellem mig og min mor.

Fuglen spreder sine store vinger, sætter af og arbejder sig op gennem luften. Den strækker sin lange hals og nyder udsigten over landet, vel vidende, at den snart vil befinde sig et langt bedre sted. Et sted langt, langt væk, ved den, ligger havet med alle dets muligheder åbne, og den ved instinktivt, at den er på rette vej.

Da jeg kommer ud på gaden, går det først rigtig op for mig, hvad jeg har gang i. Jeg forlader alt, hvad jeg kender til fordel for det ukendte, uden så meget som at se mig tilbage.

Jeg begynder min vandring: sætter den ene fod foran den anden og vælger retning efter forgodtbefindende. Solen hilser mig godmorgen fra en skyfri himmel, og jeg kan mærke naturen, alt det grønne og levende, kalde på mig med den smukkeste stemme. Lykken bobler op i mig og varmer indefra som kogende karamel.

Jeg har ingen idé om, hvor jeg vil ende, eller om jeg overhovedet overlever, men i det mindste er jeg på vej.

Og på den azurblå himmel langt, langt over mig glider en fugl på hvide vinger.

I bilen

Birgitte Baadegaard

Bump.
Han kører Volvoens ene hjul ud over den høje for-
tovskant, så de hopper lidt i sædet, da de bakker ud
af indkørslen. Hun spænder kæberne – kniber læberne sam-
men. Siger ingenting. Ingenting siger hun. Skæver i stedet
bagover – hen mod buketten, der ligger og triller rundt på
bagsædet. I brændte røde og orange nuancer. Det lille kort
er faldet af – det ligger som en hvid, undselig firkant ude på
kanten af sædet på vej ned i revnen mellem dør og sæde. Hun
prøver at nå det – uden held. Lige meget. Hun tager det senere.

Så ser hun lige frem, ud på vejen. Ud på den fugtige, mørke
asfalt. Fornemmer, han drejer hovedet umærkeligt – uden
tvivl for at tjekke, om hun vil brokke sig – og vender ansigtet
bort fra ham og ud mod sidevinduet. Lader en hånd glide
mellem håret og nakken, trækker jakkens krave højt op om
ørerne. Men hun mærker alligevel prikken og stikken i nak-
ken, og de små, korte hår lige over øverste halshvirvel rejser
sig som piggene på et pindsvin. Der er en mærkelig lugt i
bilen. Sød. En smule syrlig. Hun snuser ind. Vejrer som en
hund for at finde ud af, hvor lugten kommer fra, men kan
ikke lokalisere den.

Han kører langsomt hen ad vejen. La-a-a-ngsomt. Som han
altid gør. Som han har gjort hvert eneste år, de har boet
her. Atten. For at være helt nøjagtig. Ligesom Signe er. Et
par lyshårede småunger kører rundt på deres røde mini-
cykler lidt længere henne ad vejen. Den ene på en trehjulet.
Den anden med en lilla blomstret cykelhjelm på og ingen
støttehjul. De hviner, da de ser bilen nærme sig, og pisker

ind mod nærmeste fortov. Den lille purk på den trehjulede kan ikke få sit forhjul op, bliver ved med at trille baglæns ud på vejen, kæmper og kæmper med sine små ben for at komme op over kantstenen. Nu græder han, den lille, det kan hun se. Mens hans storesøster slipper sin egen cykel, så den falder til jorden, råber og hiver ham op i sikkerhed. Så står de der med alvorlige ansigter og ubevægelige kroppe og følger bilen med store øjne. Og han sætter ikke hastigheden ned – stopper ikke for at høre, om de er ok – vinker ikke engang til dem. Hun gør, men det ser de såmænd nok ikke engang. De står jo ovre i hans side.

Længere nede ad vejen vasker Hr. Neglesaks sin bil. Som han gør hver søndag. Hver eneste søndag kl. 10.30 står han ude på vejen indtil frokosttid og pudser sin bils i forvejen glinsende flader, mens sæbevandet driver hen ad vejen i snørklede spor. Han har knap nok tid til at hilse. Løfter lige hovedet lidt og foretager en grimasse, der nok skal forestille at være et smil. Her i bilen hilser de naturligvis begge pænt tilbage – han løfter endda en hånd fra rattet, idet han kører forbi. Fru Neglesaks har stillet et par store, rustrøde margueritter op ved hoveddøren. Kuglerunde og harmoniske i formen – plantet i et par ens, mørkebrune keramikkrukker. Svenskrødt træværk på huset, rustrøde blomster, brune krukker, rødbrune herregårdsfliser, en ung blodbøg midt i det halvnøgne bed foran huset. Det hele er så… pølle-farvet. Lutter lorte-nuancer.

Hun vender hovedet bort, ser ned, piller et lille, hvidt fnug af sit sorte jakkeærme. Det er så let og svæver – langsomt og dansende – ned mod bilens gulv. Hun følger det med øjnene, indtil det rammer den sorte plasticmåtte i bunden.

Motoren hoster lidt, da han sætter bilen i frigear, sætter farten ned og omhyggeligt ser til begge sider – to gange – før han drejer bilen til venstre, ud på den tværgående vej.

"Huskede du at tjekke, om postkassen var ordentligt lukket, før vi gik?" spørger han med øjnene fokuseret på vejen.

Hun vender kortvarigt ansigtet mod hans profil.

"Næh." Hun trækker på skuldrene. "Det var jo ligesom dig, der var ude for at hente avisen, såh …"

"Men jeg bad dig jo om at …," begynder han og stopper sætningen, mens hans læber minder om en lynlås.

Han bøjer sig lidt frem, sætter sus på bilens aircondition – luften fiser ind i ansigtet på hende gennem gitteret ude i siden på bilens panel. Hun slukker for det ved at dreje den sorte plasticknap ned på 0 – drejer luftretningen væk fra sig selv. Men det trækker stadig. Hun rækker hånden ned mod midten af bilen og skruer en smule ned for blæsten. Tager hånden til sig og retter på håret, før hun lægger hænderne i skødet.

Der ligger et par stykker tyggegummipapir nede i bunden af bilen. Lige ved siden af hendes venstre støvleklædte fod. Som i øvrigt allerede har en smule jord på snuden – også selvom hun pudsede dem i går aftes, før hun gik i seng. Hun slikker på et par fingre og bøjer sig fremover. Selen låser automatisk, og hun bliver hængende halvt foroverbøjet i sædet, indtil hun retter sig op igen og atter bøjer sig, langsomt, kontrolleret. Så tørrer hun snavset af med et par fugtige fingre, samler tyggegummipapiret op og lægger det i det overfyldte askebæger. Ingen cigaretskod, ikke længere – men slikpapir, afgnavede slikkepinde og en sammenkrøllet bagerpose. Hun finder en papirserviet i sidedøren og tørrer sine smånussede fingre, forsøger at trykke papiret ned i resten af skraldet i askebægeret, men der er ikke plads, selvom hun krøller det sammen til en lille, hård kugle. I stedet folder servietten sig ud, breder sig ud over kanterne og ender med at falde ned på gulvet ved siden af hende.

Hun sidder og glor lidt på den hvide servietklat. På venstre side af hendes venstre ben. Bøjer sig igen for at samle servietten op, rækker en hånd frem. Hendes fingre ryster svagt. Hun ser på dem – lange og tynde og blege. Asparges. Kogte. Bøjer sig længere frem og fisker servietten op med et par fingerspidser. Lægger den i opbevaringshullet lige under askebægeret, foran gearstangen. Aner et eller andet under sædet og bøjer sig ned igen. Mærker frakken stramme om brystet og bagdelen, løfter ballerne højt, åbner et par frakkeknapper og trækker frakkeslipperne højere op. Det er et æbleskrog. Brunt og indskrumpet. Ikke råddent. Kun skrumpet. Og ildelugtende. Syrligt sødt. Hun tager det op i stilken med to fingre. Løfter det op foran sig og stirrer på det et stykke tid, lader det snurre mellem fingerspidserne, indtil æblet falder af stilken og havner i hendes skød. Heldigvis lander det på frakkens sorte uld og ikke på hendes silkenederdel.

Hun sukker. Løfter højre hånd for at trykke vinduesknappen ned, fornemmer, at han har drejet hovedet over mod hende. Hun skæver ud ad øjenkrogen til hans side. Han ser på hende. I små, zappende glimt – skiftevis øjnene på vejen og mod hende. Med nedadvendte mundvige, let sammenknebne øjne, spændte kæber. Det gør hans ansigt skævt. Grimt. Hun ser bort.

I det øjeblik rækker han hen mod airconditionknappen og sætter atter sus på i bilen. I det øjeblik åbner hun vinduet. Håret blæser ind i øjnene på hende, mens hun halvt i blinde famler efter skroget i sit skød og får kastet det og stilken ud i modvinden. Hun hører skroget slå svagt – et stille klonk – mod bilruden bag hende. Han hoster ved siden af hende. Først en stille rømmen, så voldsommere og højere. Hun lader vinduet stå åbent. Lukker øjnene og lader ansigtet komme tættere på vinden, der fejer ind gennem den brede, åbne sprække. Det blafrer i ørerne – en flapren, der går ind i hjernen og lukker alle andre lyde ude.

Håret blæser væk fra ansigtet. Ud af form. Til helvede med den frisure. Til helvede med det hele. Bilen slingrer svagt. Hun rækker langsomt fingrene frem mod knappen, trykker ned på den, så vinduet ruller op med en stille snurren inde i døren. Han hoster stadig. Rød i hovedet og hænderne med hvide knoer på rattet. Let foroverbøjet. Hans tynde, halvlange pandehår falder frem over øjnene. Sytrådstynde, enkelte hår flagrer let i aircon-blæsten. Hans hoste er hvæsende og stakåndet nu.

Hun ser på ham. Derefter ud på vejen. Prikker ham hurtigt og hårdt på skulderen med en spids finger. Peger frem. Et rødt lys lige fremme. Han står på bremsen. Læner sig ind over rattet, gurgler let, får et eller andet – slim, sandsynligvis – op. Det løsner i hvert fald tydeligt. Han famler forgæves i sin side efter et stykke papir. Der er intet. Rækker klodset ind over hende til handskerummet, hun flytter modvilligt sine ben et par centimeter – der er heller ikke noget. Hun ignorerer servietterne, som hun ved ligger i hendes sidedør – rækker ham ordløst og med to fingerspidser den brugte, sammenkrøllede serviet under askebægeret. Han tager den, vrænger let, spytter ned i papiret, tørrer sig om munden. Hun synker. Ser væk, ud på det røde lys, ud på vejkrydset, ud på den sølvgrå, modkørende bil, der holder på den anden side af krydset. Hun misser med øjnene – fokuserer. En ældre dame i postkasserød frakke, ser det ud til. Og hendes lillebitte mand med ternet kasket på. I passagersædet.

Motorens brummen er blevet svagere som altid, når bilen holder stille. Hun har ikke lagt mærke til det før, fordi hans raspende hoste velsignede ved at overdøve alt andet. Men nu – nu er her stille. Her er eddermame stille. Iltfattigt. Trods det kunstige sus i den lille kabine. Hun knapper de øverste knapper op i sin frakke, hiver lidt ud i sin sorte skjorte. Lyssignalet skifter til grøn. Hun sukker. Glatter sin nederdel – det tynde stof smyger sig om benene på hende. Klistrer sig til dem. Hun spænder stoffet ud mellem hænderne, trækker det ud, glatter det. Uden held.

Bilen stopper – hun ser op, sukker lydløst. De er her. Han bakker forsigtigt – kører bilen tættere op mod kantstenen lige bag et par andre parkerede biler. Tættere på huset ude i højre side. Hendes side.

26

De står der allerede. Klar til at tage imod. Hun i høje, lyse støvler og en kropsnær lyslilla kjole – ny? – læder? – og med det skulderlange, kraftige hår slået ud. Han i jeans, brune mokkasiner og en ternet, løs skjorte udover. Kvalme. "Så – vi siger ikke noget til dem i dag?" Hun ryster på hovedet – ser over på ham. På hans tynde hår og randene under hans øjne. De ligner sorte affaldssække. På hans mørke jakkesæt inden under den sorte læderjakke og det røde slips over den hvide skjorte. Og hun ser væk. Ned. På sine støvletter og tynde nylonstrømper. Med små sorte nister i – de steder, hvor en negl er kommet til at rive lidt. Svarer: "Det vil være synd – lad dem nyde deres bryllupsdag uden at skulle tage sig af os."

De stiger ud af bilen samtidig. En sort bil med en lyshåret, smilende kvinde på passagersædet og en mand i sort frakke passerer, mens de to ivrigt vinker derindefra. Hun løfter en hånd, smækker sin egen dør, åbner hurtigt bagdøren og hører låsen på sin håndtaske klaske mod den mørkeblå lak. Ignorerer lyden. Skæver til ham for at se, om han har hørt den. Let sammentrukne bryn, stramme læber – det har han. Trækker på skuldrene og bøjer sig ned. Griber buketten – snupper den lige før, han når at få fat i den fra den modsatte side. Husker kortet, der nu har kilet sig ned i en lille revne i bunden, fisker det op og sætter det i buketten – går op ad indkørslen. Mod huset. Mod dem. Mens hun smiler. Bredt. Hun gider ikke vende sig rundt for at se, om han følger med. Han kan klare sig selv. Det siger han jo selv. Hans valg. I øvrigt kan hun høre hans trin et eller andet sted bag sig.

"Hej og velkommen! Så dejligt, I kunne komme i dag. Vi tænkte, det er altid så hyggeligt med brunch, ikke? Sådan lidt uformelt?"

Et smil – et knus – en buket.

"Og bilturen gik fint?"

"Ork, ja – fint, fint. 20 minutter er jo ingen tid."

Gennem mørke

Kirstine Hvid

Hvide snekorn slog ud af mørket mod forruden, og jeg anstrengte mig for at se vejen forude. Nu og da stak isglinsende tunger af frosset smeltevand ud på vejbanen og gjorde fæstet på vejen uforudsigeligt. Vinduesviskernes rytmiske dunken havde en sløvende, næsten hypnotiserende virkning på mig, som havde være nemmere at modstå for nogle timer og nogle hundrede kilometer siden. Jeg havde ikke set mange andre biler, siden omkørselsskiltene ved vejarbejdet på hovedvejen havde ledt mig ud på denne øde landevej. Jeg tog mig i at overveje, om jeg måske var kørt forkert. Jeg fik en fornemmelse af, at skovens tætte mørke kun nødigt veg for lysskæret fra min bil, og bag mig lukkede mørket sig hastigt om vejen igen.

Jeg tænkte på, hvordan Marit gik og pakkede vores flyttekasser ud i vores nye hjem, endnu flere hundrede kilometer borte. Psykologen havde sagt, at en ny start måske kunne være gavnlig for os. Så jeg havde slået til, da muligheden bød sig for et vikariat på det norske provinshospital. Jeg regnede med, at det for en stor del ville være rutinearbejde for mig. Det passede mig godt.

Jeg forestillede mig, hvordan det gyldne skær fra de stearinlys, jeg vidste Marit havde tændt, fordi hun godt kunne lide stemningen, spillede i hendes hår. Jeg kunne se for mig hendes glatte hår falde ned forbi hendes ører og kinder, når hun bukkede sig over en flyttekasse for at tage måske endnu et par bøger op og sætte dem i vores nyindkøbte bogreol. Hendes brysters bløde fylde, når de pressede mod blusen i bevægelsen. Hendes forsigtige hænder, når hun rakte ned og tog Lille E op.

Nej, Marit tog en bog op. Jeg gentog det for mig selv og prøvede at få det andet billede til at forsvinde. Det var ikke længere sådan, det var. Marit tog en bog op. Men engang var det Lille E, Marit havde taget op. Hun ville være blevet 1 år og 8 måneder i forgårs.

Jeg syntes, jeg havde kunnet høre Lille E skramle med sine klodser på legetæppet i stuen i nat. Jeg havde tænkt på, hvordan hun plejede at kramme sin yndlingsbamse, en lille lysebrun, plysset bjørn med skotskternet halstørklæde. Det gamle hus havde givet spøgelsesagtig genlyd af hendes gråd, uhyggeligt forvrænget som gennem babyalarmen. Men huset var jo tomt; der var kun mig. Flyttefirmaet havde hentet det meste forinden. Vi havde aftalt, jeg blot skulle tage hånd om de sidste nødvendigheder. Nøglerne skulle afleveres hos advokaten, der skulle stå for udlejningen af huset, når jeg havde klaret en sidste omgang rengøring. Jeg havde tilbragt natten i min sovepose på et ukomfortabelt liggeunderlag og sovet dårligt plaget af ubehagelige drømme. Jeg var kommet for sent op og i gang, og alt for sent af sted fra huset. Nu værkede min krop og mit hoved.

Snevejret var anstrengende at køre i. Jeg så i bakspejlet, hvordan mørket gabte om vejen lige bag mig. Jeg følte, jeg bevægede mig på bunden af et dybt hav i en skrøbelig lomme af lys, som ville implodere, hvis jeg ikke bevægede mig hurtigt nok. Ubehaget, der greb mig, fik mig til at presse hårdere på speederen. Den sølvfarvede stationcar øgede farten. I udkanten af mit synsfelt flimrede de store stammer på nåletræerne, der stod tæt langs vejen, hurtigere forbi.

Hvis bare Marit også havde været der den dag til at holde øje. Men der havde kun været mig. Marit havde planlagt at skulle ud, bare nogle timer. Lille E havde sovet, og jeg var blevet optaget af noget andet for en stund. Bagefter var det for sent. Lægen havde forklaret, at der formentlig ikke var noget, jeg kunne have gjort anderledes. Vuggedød ramte desværre uforudsigeligt og uforklarligt. Men jeg kunne vanskeligt tilgive mig selv.

Mine tanker blev brat afbrudt, da jeg fik øje på en skikkelse i vejkanten. Det lignede en gammel dame, der havde forvildet sig ud i vejret. Hun viste ikke tegn på, at sneen, som måtte piske hende lige ind i ansigtet, generede hende. Hun så heller ikke ud til at tage notits af kulden, selv om hendes tynde sommerfrakke og pæne sko ikke kunne yde megen modstand mod vejret. Hun stod ret op og stirrede lige på mig.

Med ét bevægede hun sig ud på vejbanen. Jeg kørte alt for hurtigt til at kunne nå at bremse. Jeg nåede ikke at tænke, men vred rettet om og trådte hårdt på bremsepedalen. Jeg så grøftekanten nærme sig med stor hast. Jeg vred febrilsk på rattet og forsøgte at holde bilen på vejen. Jeg registrerede en skramlen fra bagagerummet, hvor spanden med våde klude og rengøringsmidler væltede rundt. Stationcaren slingrede voldsomt, og jeg blev slynget fra side til side i sædet. Jeg skred ud, da et af hjulparrene gled hen over en ispyt, og bilen begyndte at snurre rundt. Store stammer og isglat vejbane gled kalejdoskopisk ind og ud af mit synsfelt i et kvalmende tempo. Alting gik hurtigt og som i slowmotion på samme tid.

Så stod bilen stille. I lyskeglen fra forlygterne stod den gamle dame og stirrede lige på mig. Hun så uskadt ud. Jeg fumlede med at komme fri af sikkerhedsselen. Benene føltes usikre under mig, da jeg steg ud. Bilen havde på mirakuløs vis holdt sig på asfalten. Den stod på skrå hen over begge vejbaner uden en skramme. Jeg var endnu for oprevet til at kunne koncentrere mig om, hvorvidt jeg selv var uskadt. Konen så ud til at være helt upåvirket af situationen. Jeg var ikke sikker på, jeg havde kontrol over min stemme, da jeg begyndte at råbe.

- Hvad helvede tænker du på? Det kunne sgu da være gået helt galt, det dér!

Konen sagde ingenting. Stirrede blot ufravendt på mig. Vinden ruskede i hendes frakke og lod ane en tynd, nærmest knoklet figur under frakkens folder. Måske forstod hun ikke, hvad der foregik. Kunne hun være stukket af fra et eller andet hjem for demente? Vejen strakte sig tom i begge retninger. Kun skoven omgav os her.

Jeg følte mig sårbar uden for bilens trygge skal. Mørket pressede sig på. Jeg følte en stærk trang til at komme videre, men jeg kunne ikke efterlade konen herude midt i ingenting. Hun virkede ikke rigtig vel forvaret. Under alle omstændigheder var hun ikke tilstrækkeligt klædt på til den her slags vejr. Jeg måtte få hende ind i stationcaren og sætte hende af ved den nærmeste vejkro eller tankstation. Politiet måtte tage hånd om hende derfra.

- Sæt dig ind! Det er ikke vejr at være ude i, råbte jeg for at overdøve blæsten.

Jeg opdagede, at hun allerede havde hånden på bildøren i passagersiden og var i færd med at stige ind.

Vi kørte i tavshed. Hendes tynde, hvide hår sad ulasteligt i en bølget permanent. Hun forekom upåvirket af såvel vejret som situationen. Det var ikke til at sige, hvor længe hun havde gået omkring ude i vejret. Hendes ansigtshud var bleg, nærmest grålig, og så tynd ud på hendes fremstående kindben, men hun så ikke ud til at fryse. Knoerne trådte frem på hendes knoklede hænder, der lå roligt i skødet på hende. Mine egne holdt om rattet, endnu lidt sitrende efter forskrækkelsen. Konen var svær at aldersbestemme, men jeg skød på, hun måtte være over firs.

- Hvad laver du alene herude? Hvor er du på vej hen? spurgte jeg.

Intet svar. Jeg følte mig mere og mere overbevist om, at hun måtte være stukket af fra et hjem for demente. Efter nogen tid pegede hun ud ad forruden med en kroget finger. Jeg så, hvad hun pegede på. Et skilt med teksten "Vejkro".

Ganske vist påstod det frønnede skilt ved vejen, at her lå en kro, men stedet så grangivelig lukket ud. Vissent ukrudt stak alle steder op gennem rallet på den frosne parkerings-plads foran kroen. Et par ruder på førstesalen var smadret. Kroen så ud til at have haft sine velmagtsdage for adskillige årtier tilbage. Et par sortmalede lanterner uden lys i hang på hver sin side af indgangspartiet. Den ene hang skævt. Gen-nem ruderne i stueetagen kunne jeg se tunge gardiner dra-peret omkring vinduerne. Farvevalget ledte tankerne hen på 70'erne. Tobaksgulnede halvgardiner skærmede for det mest direkte indsyn. Den gamle kvinde var åbenbart lokalkendt i området her og kunne måske huske stedet fra sine yngre dage, men hun kunne ikke være helt klar i hovedet; stedet her så ud til at have været lukket i årevis. Gruset knasede under hjulene, da vi begyndte at trille hen mod udkørslen. I samme øjeblik rettede konen en kroget finger mod huset. Først da fik jeg øje på en svagt lysende firkant på jorden neden for et vindue i gavlen. Nogen var tilsyneladende alligevel hjemme.

En fedladen mand, som jeg antog måtte være krofatter, kom ud ad kroens sideindgang ved lyden af bildørene, der klappede i. Krofatter havde et hentehår, som jeg genkendte fra familiefotos fra min egen barndom, men ikke havde set magen til siden. En sort lædervest over en nusset skjorte, som vist engang havde været hvid, forstærkede min fornemmelse af at være havnet i en tidslomme.

- Ja, I kommer bare med ind den her vej, lød krofatters tobaksrundede baryton.

Vi fulgte efter gennem en smal gang. Anløbne messinglampetter oplyste gangen med lommer af søvnigt lys, der hvor pærerne ikke var gået ud. Et par ældgamle træski hang til pynt på væggen. Et støvet gevir tronede over døren for enden af gangen. Vi kom ud i en reception. Et par dobbeltdøre i glas til højre for os førte ud til et mørklagt vindfang, som måtte være der, man kom ind, hvis man benyttede hovedindgangen. Gennem et par opslåede døre ret fremme kunne jeg se en sparsomt oplyst spisesal. Jeg genkendte gardinerne som dem, jeg havde set ude fra parkeringspladsen.

- I er vel sultne, konstaterede krofatter uden entusiasme.

Krofatter lagde ikke op til, at vi skulle foretage nogen valg med hensyn til menuen, men kantede sig om bag en ramponeret receptionsdisk og ud gennem en dør, som jeg formodede ledte ud til køkkenet. Konen gik i forvejen ind i spisesalen. Hun virkede huskendt.

Der var ingen i spisesalen bortset fra mig og den gamle kvinde. Måltidet havde været hurtigt overstået. Tomme borde beklædt med hvide duge omgav os til alle sider. Den knoklede gamle kone sad endnu i sin tynde frakke og mindede mig om et møbel, nogen havde dækket til med et klæde som værn mod støv og tidens tand. Mens vi spiste, havde konens hånd strejfet min. Den havde været iskold. Jeg følte mig overvældet af ensomhed, som jeg sad der i spøgelseslandskabet af hvide duge og med den skelettynde, grå kone foran mig. Jeg savnede pludselig Marit, som jeg ikke havde gjort længe. Hendes varme. Hendes kurver og bløde hud mod min, når hun kærtegnede mig. Hendes livgivende latter, når jeg sagde ting, der fik hende til at le. Selv om det føltes som så længe siden nu.

Måske det kunne lade sig gøre igen. Det føltes pludselig presserende, at jeg kom til at tale med Marit med det samme. Hun virkede som min eneste livline til verden uden for dette besynderlige sted.

Med en mumlen undskyldte jeg mig over for den gamle dame og fiskede min mobil op af lommen. Ingen mobildækning. I det samme skød konen en gylden medaljon over dugen mod mig og signalerede, jeg skulle åbne den. En lille pige smilede til mig fra et uskarpt, sorthvidt foto inden i medaljonen. Pigen krammede en slidt tøjbjørn. Bjørnen havde et ternet tørklæde på. Mit hjerte begyndte at slå hurtigere.

Det var et meget lille billede, tilmed uskarpt, og belysningen var dårlig. Jeg kunne tage fejl i, at pigen lignede Lille E. Og der måtte findes milliarder af den slags bamser i verden. Jeg blev alligevel underligt tilpas og rejste mig så brat, at stolen væltede bag mig, og forlod spisesalen.

Krofatter sad bag receptionsdisken i lyset fra en grøn skrivebordslampe og studerede kolonner med håndskrevne tal i en nusset regnskabsbog.

- Har du en telefon, jeg kan låne? Min mobiltelefon har ikke dækning her. Det er vigtigt, sagde jeg.

- Altså, det bliver nok lidt svært. Telefonledningerne blæste jo ned i efterårsstormen. Telefonværket er ikke nået herud endnu for at udbedre skaderne. Vi har ikke ligefrem første prioritet herude, forstår du.

Efterårsstormen havde været for flere måneder siden. Jeg fik en mistanke om, at det ikke var så meget stormvejret som ubetalte telefonregninger, der var årsagen til den manglende telefonforbindelse. Jeg indså, jeg ikke ville kunne komme til at tale med Marit i aften, og mærkede pludselig, hvor træt jeg var. Jeg havde det, som om jeg ville kunne stå ret og op ned lige her og sove. Det ville ikke være forsvarligt at køre videre i aften. Jeg blev nødt til at blive her for natten og få noget søvn. Bag krofatter kunne jeg skimte et usandsynlig støvet dueslag, som indeholdt nøgler til alle kroens værelser. Der så ikke ud til at mangle en eneste.

- Har du et ledigt værelse? spurgte jeg, ligeglad med, om krofatter opfangede mit ironiske tonefald.

Her var jo åbenlyst hujende tomt. Krofatter langede nøglerne til et af værelserne over disken.

- Op ad trappen der og ned ad gangen. Sidste værelse på højre hånd.

Jeg håbede ikke, det var et af de værelser med smadret rude.

Sengelinnedet virkede støvet, og puden lugtede hengemt, da jeg lod mig dumpe ned på sengen. Jeg døsede hen i forvirrede drømme. Forvrængede udgaver af det sorthvide fotografi flimrede gennem min hjerne. Før jeg faldt helt hen, syntes jeg, jeg kunne høre Lille E pludre og sige nogle ord på hendes eget vrøvlesprog, som Marit og jeg mente at have lært at forstå lidt af. Så faldt jeg i en dyb, drømmeløs søvn.

Jeg vågnede ved, at sollys strømmede ind i rummet og skinnede mig lige ind i ansigtet. Den blå himmel fuldendte billedet af en tindrende flot vintermorgen. I det skarpe morgenlys føltes aftenens sære hændelser uvirkelige. Kroen var helt stille. Enkelte fuglelyde trængte ind udefra.

Gangen uden for værelset var helt mørklagt. Ingenting skete, da jeg vippede med lyskontakten. Jeg famlede mig ned ad trappen til receptionen, som henlå i halvmørke. Nu kunne jeg se, hvorfor der var så dunkelt. Brædder var slået for hovedindgangen udefra. Krofatter var ingen steder at se. Jeg lagde værelsesnøglen på receptionsdisken. Mit blik strejfede spisesalen. Nu hvor den lave morgensol strømmede ind i salen, kunne jeg se, at det, jeg i går i den dunkle belysning havde taget for at være duge, i virkeligheden var klæder draperet over møblerne. Spindelvæv hang fra loftshjørnerne. Det løb mig koldt ned ad ryggen. Jeg forstod ikke, hvordan jeg i går havde kunnet undgå at se, at dette spøgelsesagtige sted tydeligvis var forladt.

Jeg begav mig hastigt mod gangen, der førte ud i det fri. Panikken fik greb i mig ved tanken om, at jeg ikke ville kunne få døren for enden af gangen op, og jeg begyndte at løbe. Jeg syntes, jeg kunne høre skridt lige bag mig. Jeg bildte mig ind, jeg kunne høre stoffet i den gamle kones frakke knitre, fornemme kulden fra hendes knoklede hånd, der greb ud efter mig. Jeg turde ikke vende mig om. Jeg følte, jeg bevægede sig i slowmotion. Endelig nåede jeg døren og flåede den op. Jeg nærmest faldt ud ad døren, ud i det skarpe sollys, og skred nogle meter hen ad den isede parkeringsplads. Bag mig lå gangen mørk og tom hen. Ingen var efter mig. Jeg følte mig fjollet.

Jeg indåndede den friske, kolde morgenluft i dybe drag, mens jeg mærkede min puls falde til ro igen. Jeg lod solen skinne på mit ansigt og mærkede varmen fra solens stråler lune mig, mens jeg begav mig hen mod bilen. Jeg glædede mig til inden længe at skulle se Marit igen. Herude i det fri fik jeg hul igennem på mobilen. Forbindelsen var dårlig og med udfald, men jeg kunne høre, hun lød glad.

- Jeg er fremme inden længe, sagde jeg og mærkede en forventningsfuld glæde, som jeg ikke havde følt længe.

Gensyn med Ulla

Lilian Kornerup

Ingen af os havde hørt hende komme. Pludselig havde hun boret sig ind i flokken af fnisende tøser på vej hjem fra skole. Hun kørte sin blå cykel tæt op ad min og begyndte at sige noget til mig. Stemmen genkendte jeg straks, men ikke den lidt for kraftige pige i stramme cowboybukser, smart jakke og en kasket trukket ned over en masse lyse krøller. Hendes øjne var også større, end jeg huskede dem, måske fordi de var omringet af sort mascara. Hun bad mig køre i forvejen sammen med sig. Der var noget vigtigt, hun skulle fortælle mig. Lidt ærgerlig så jeg min veninde dreje af ned til gården; nu fik vi ikke aftalt, hvad tid vi skulle mødes i aften.

"Han fik to år!" sagde hun.

"Hvem?" spurgte jeg.

"Ja, Bent, selvfølgelig, for at pille. Og, " fortsatte hun, "min mor har smidt mig ud hjemmefra. Hun siger, jeg har ødelagt hendes liv. Nu har jeg fået et værelse at bo i på cafeteriet, hvor jeg arbejder. Det værste er, at jeg ikke må se mine små brødre for min mor. Jeg ved slet ikke, hvordan de skal klare sig uden mig." Hun snakkede og snakkede. Om, hvordan hun og mellemste lillebror Preben, som nu var 9 år, mødtes i smug, og om Bjarne, som havde fået astma, og moren, der ikke passede ham ordentligt.

"Jeg har kigget efter dig i tre dage, jeg skal være på arbejde kl. tre" sagde hun. "Jeg troede, du gerne ville vide det. Du er jo den eneste veninde, jeg nogensinde har haft." Nu løb mascaraen ned ad hendes kinder. Hun stampede i pedalerne og forsvandt ud mod vandet. Jeg drejede af. De andre indhentede mig.

"Hvem var det?" spurgte de nysgerrigt.

"Det var Ulla," sagde jeg. "Kan I ikke huske hende? Hun boede nede i byen for nogle år siden." Men der var ingen, der kunne huske Ulla.

Jeg var heldigvis alene hjemme og kunne sidde i fred på mit værelse.

Langsomt vendte den sommer tilbage, hvor jeg mødte Ulla, eller hun mødte mig.

Sommerferien var lige begyndt, og de to, jeg plejede at lege med, var taget på ferie. Den ene hos sin storesøster, den anden hos familien i Jylland. Jeg skulle ingen steder. Den formiddag stod jeg ude på hjørnet og spillede med mine to gamle bolde op ad muren. De havde forskellig størrelse, og den ene hoppede dårligt. I virkeligheden måtte jeg slet ikke spille op ad væggen for Oluf. Han havde lige kalket, og han sagde, at jeg lavede pletter, når jeg spillede bold. Men Anna, hans mor, som også ejede den del af huset, vi boede i, var blind, og selv var han på arbejde. Han kom hver dag, når han fik fri, og passede på, som han sagde. Og så var der tit nye ting, jeg ikke måtte. Som dengang han forbød mig at spise blommer fra de mange mirabelletræer, som stod bag mig. Hvis jeg nu nøjedes med at spille på den sidste stribe mur mellem soveværelsesvinduet og smøgen, ville han sikkert ikke opdage det.

Selv om det var sommerferie, og jeg kun skulle ud at spille bold med mig selv, blev jeg ikke sluppet over dørtærsklen, uden at mit hår var flettet, og de røde sløjfer var glattet over den varme vandkedel. Min rød- og hvidternede kjole var stivet og strøget, og gummiskoene nykridtede.

Pludselig så jeg en pige vinke ude på vejen. "Må jeg komme ind?" råbte hun. Jeg nikkede. Hun trak en gammel barnevogn efter sig langs det bumlede stykke af møddingen. Hendes hår var ikke så lyst som mit. Hun havde en gul bluse på, og man kunne se, hun var ved at få bryster. Nederdelen var rødlig og slaskede om hendes ben. Jeg måtte ikke gå i gult for mor. Da pigen kom nærmere med vognen, kunne jeg se en lille dreng med filtrede krøller, som var rødskallet i ansigtet, på armene og benene. Han holdt om en sutteflaske med saft i og småklynkede.

"Han smitter ikke, det er eksem, han hedder Bjarne!" sagde pigen og fortalte, at hun hed Ulla og lige var flyttet ind nede i byen. Jeg kunne regne ud, det måtte være i kommunehuset. Der havde i flere år boet en gammel mand, som var død for nylig. "Ham her er Preben," sagde hun og pegede ned på en lille fyr, som skulede til mig. Hans tøj var snavset, og det var hans arme og ben også. Han holdt godt fast i stangen på barnevognen. "Han er fem år, og han har lovet, at han sidder stille, mens jeg prøver mine bolde på din væg. Hvis jeg altså må?" Hun så på mig og tilføjede: "Jeg har nemlig ingen væg, der hvor jeg bor, og jeg kunne se ude fra vejen, at du har en god en."

Bagdøren knirkede, mor måtte være på vej ud. "Jeg skal lige spørge først," sagde jeg, da hun kom rundt om hjørnet. Hendes øjne kunne bestemt ikke lide det, de så. Hun snerpede munden sammen, og et langt øjeblik var jeg bange for, at hun ikke vil give lov. Men så sagde hun, at Ulla skulle stille barnevognen, så den ikke kunne ses fra vejen.

Da hun var gået ind igen, trak Ulla tre bolde frem, en rød, en blå og en gul. Jeg fik lov til at røre dem. "Dem har jeg fået af Bent, for at holde kæft med, at han piller," sagde hun.

Som de bolde kunne spille! De hoppede nærmest helt af sig selv. Vi spillede og spillede, indtil Preben sagde, at nu havde han altså ventet længe nok. Ulla pakkede boldene ned under madrassen og spurgte, om hun måtte komme igen i morgen. Ja, da.

Om aftenen fortalte jeg mor, hvad Ulla havde sagt om at pille, og spurgte, hvad det betød. Hun sagde, at Ulla garanteret var fuld af lyv, og at hun sikkert havde hugget de bolde! Jamen, hun havde jo ikke engang en cykel, og der var langt til byen, men mor holdt på sit, og så skulle vi ikke tale mere om det.

Dagen efter var det mormors rengøringsdag. Jeg fik lov til at blive hjemme, for mor og lillesøster ville komme hjem igen til frokost.

Jeg kunne næsten ikke vente, til Ulla kom med boldene. Men da mor ikke var hjemme, viste jeg hende vores køkken, og vi nuppede nogle tvebakker. Ulla gjorde store øjne, da hun så spisekammeret, hvor der stod en halv flaske fløde. Fars arbejde på mejeriet gjorde, at han måtte tage al den mælk og fløde og det smør, som familien behøvede, med hjem, men vi måtte ikke give det til andre. Ulla røbede, at hun kun én gang havde smagt fløde, og ville så gerne bede, om Preben også måtte smage. I bunden af skabet fandt jeg et gammelt syltetøjsglas, som jeg fyldte fløde i. Bare sådan, at det næsten ikke kunne ses i flasken.

Næste dag kom hun med glasset og fortalte, at hun og Preben havde siddet i grøftekanten og skiftedes til at stikke en finger ned i fløden og slikke det op. Jeg gemte glasset og sagde til hende, at de først fik noget igen næste tirsdag, for min mor måtte ikke opdage det. Ulla syntes, jeg var verdens heldigste med al den fløde, og forstod slet ikke, da jeg sagde, at jeg ikke kunne fordrage fløde.

En dag kom hun og sagde, at jeg skulle komme med ned at se, at det var rigtigt, at hun ikke havde en væg at spille på. Jeg fik lov til at gå med.

Jeg kendte de fleste huse og gårde nede i byen og havde været inde i mange af dem, så jeg berettede for Ulla, mens vi gik, hvem der boede hvor, og hvad de lavede. Kommunehuset havde jeg kun set udefra. Det lå lidt oppe, som nabo til en gammel gård, og var delt i to. I den ende, hvor Ulla boede, var der kun ét vindue og en halvdør ligesom i en stald. Den smule væg, der var, var helt afskallet, og bindingsværket sås tydeligt. Der var fire vinduer og indgang i gavlen i den anden ende af huset. Her boede en familie med fire børn.

Det var Prebens arbejde at skubbe barnevognen det sidste stykke op over brostenene, og han pustede højt af anstrengelsen. Storesøsteren roste ham. Et kort øjeblik gled noget lyst over hans ansigt.

Ulla åbnede halvdøren, og vi trådte ind i køkkenet, som var smalt. Der stod en spand vand på en skammel og en primus på bordet. Inde i den lillebitte stue lå moderen og sov på sofaen. Tværs over rummet var der udspændt en tørresnor, hvor Bjarnes bukser hang til tørre. Det, der havde været i dem, sås tydeligt. Der var brosten i alle rum. I det næste lille rum var der senge, og i det sidste, som nærmest var et stort skab, havde Ulla sin kasse at sove i. "Men jeg må ikke sætte krog på døren, og det er her, han kommer og piller," råbte hun højt ud i stuen. Vi gik forbi moderen igen. Ulla sparkede til en ølflaske, og nu så jeg, at moderen også havde en flaske i favnen.

"Møgso!" råbte Ulla. Jeg kunne se, hun havde tårer i øjnene. Men at hun turde sige sådan til sin mor!

"Nå, der var vel møgbeskidt, kan jeg tænke mig," sagde min mor, da jeg kom hjem. Nej, det havde der ikke været. Jeg fortalte om moderen, der lå og sov, men ikke om ølflaskerne.

Snart var ferien forbi, og skolen begyndte. Ulla havde spurgt, hvordan skolen var. Jamen jeg havde en sød lærerinde, og hende skulle jeg også have i 4. klasse. Ulla skulle i 5. Hun fik ikke nogen sød lærer. Det fik hun aldrig, sagde hun. Hun havde gået på seks forskellige skoler. Hun havde fået fat i en gammel cykel, som skramlede, når hun kørte. Hun havde aldrig mere tid til at spille bold, og en dag var hun væk. Hele familien var bare væk.

Da jeg havde genoplevet sommerferien med Ulla, besluttede jeg mig for at finde hende. Jeg måtte vide, hvad det betød "at pille" og fortælle, at det havde været sjovt at spille bold med hende. Jeg snuppede min cykel og sagde til min mor, som i mellemtiden var kommet hjem, at jeg kørte ned til min veninde.

Ulla var kørt ligeud mod vandet, men drejede hun så til højre eller venstre? Der var kun skov og strand at se i begge retninger, og jeg vidste ikke, hvor det cafeteria kunne ligge. Jeg gik ind et sted, men der havde de ikke hørt om Ulla. Så vendte jeg cyklen og var snart efter på vej ned til min veninde på gården.

Hjerteflimmer

Martin Mellerup

Hjerteafdelingen på Skelbæk-sygehuset havde ry for at have den største omsætning af patienter. Fra patientens første knusende brystsmerter, og til han blev indlagt, ballondilateret og udskrevet, gik der kun få dage. Speciallæger bemandede hjertelaboratoriet i kælderen hele døgnet, hvor patienterne på de avancerede hydrauliske lejer under de roterende røntgenapparater fik genåbnet deres tilstoppede blodkar. Undervejs spurgte lægen til rygevaner, alkohol og motion, og den svedende, forkvalmede patient måtte omsider se et livs metaboliske fejltagelser i øjnene og bekende sine synder gennem den sterile afdækning, som var det gitteret i en katolsk skriftestol.

Peter havde været på afdelingen i tre år nu. Han havde ikke længere tal på, hvor mange angste, blege mænd han og portøren havde kørt fra modtagelsen og ned i laboratoriets kælder. Ofte blev han for at se den forunderlige forvandling, når EKG'et pludselig normaliseredes, og patienten fortalte, at smerterne forsvandt. Lægen kunne da ofte slå over i smalltalk om fodbold og feriedestinationer, mens han rutineret færdiggjorde operationen. Patienten, som mærkede dødens kolde knokkelhånd slippe sit tag i brystet, bidrog til samtalen, og der var en lettet følelse mellem alle i laboratoriet som hos mennesker, der er løbet i ly for en storm og lige præcis når indendørs, før himmel og jord står i et.

Andre gange var der mere stille i laboratoriet. Journalen lå slået op på EKG'et, hvor de store 'tombstones', som de særlig svære EKG-forandringer kaldtes, kundgjorde, at her havde knokkelhånden godt fat i det skrøbelige liv. Der var ingen kæk tale. Røntgenapparatet og lejet summede, når lægen håndterede dem i forsøget på at finde frem til de syge blodkar. Lejet kunne føres i alle retninger, og patienten fulgte viljeløst med. Ansigtet var slapt, men munden var sammenknebet i en spag protest mod den knugende hånd, som trak alle smil tilbage i hans bryst. Kun døden grinte i EKG'ets takkede ventrikelflimmer, og snart bebudede defibrillatorens sirenetone mørkets komme.

Sådan foregik omsætningen på hjerteafdelingen. 'The good lord giveth and the good lord taketh away'. Peter kunne ikke huske, hvorfra ordene stammede. Arbejdet var blevet en rutine, og han havde for længst vænnet sig til, at på hjerteafdelingen kom folk for at leve eller dø. Han optog journal, analyserede EKG'er, sendte nogle hjem og indlagde andre. Mennesker med hjertebanken, brystsmerter og besvimelser. En stor skare var efterhånden passeret forbi ham. Pludseligt, under en løbetur eller foran fjernsynet, var et slør blevet trukket til side, og i et glimt havde de set universets nøgne grund. Deres øjne var klare, og undertiden holdt de hans blik fast med spørgsmål, han ikke kunne svare på.

"Hvad skal du lave i påsken?" Peter og portøren Charles var på vej til sengeafsnittet med en patient.

"Arbejde" svarede Peter.

"Din stakkel - i helligdagene, det er ukristeligt".

"Folk bliver jo også syge i helligdagene. Hvad med dig, har du fri?"

"Selvfølgelig."

De maste sig alle ind i elevatoren, Charles trak maven ind og trykkede på knappen. Peter skævede til skopet med patientens hjerteovervågning. Hjertestop i elevatoren var ikke godt. Patienten trak vejret roligt med blikket stift rettet mod loftet.

"Påskefrokost, drikke sig i hegnet og så genopstå nogle dage efter. En god kristen skik," grinede Charles. De overlod patienten til sygeplejerskerne på Koronararafsnittet, som straks koblede ham til hjerteovervågningen. Snart lyste den grønne EKG-linje op på skærmen sammen med de andre patienters. Jævnligt blinkede det grønne QRS-kompleks frem, hos nogle hurtigere end hos andre, nogle komplekser smalle og høje, andre brede og lave. Hele tiden på vej henover skærmen, indtil det forsvandt ud i kanten, men straks efter lyste et nyt et op. Som en vedvarende stafet løb de. Det havde de fleste gjort upåagtet i en menneskealder, men her var nogle af dem på vej mod slutningen. Trætte og uregelmæssige vaklede de bestandig frem, men nu holdt vagtsomme blikke øje med dem. Som et tavst publikum, der hepper til en sportsbegivenhed - Kom nu! Fortsæt! Sygeplejerskerne beroligede og informerede patienten. En tyk, skaldet mand i en seng tæt på døren nikkede venligt og smilede til den nyankommne. Peter og Charles forlod stuen.

Onsdag inden påske var Peter på vej fra kælderetagen til sengeafsnittet for at gå stuegang. En stemme kaldte på ham:
"Hej doktor, kom lige med en gang!" Det var Charles, der kaldte inde fra portørcentralen. Peter vendte sig, og Charles vinkede ham smilende hen til sig. "Kom så skal du se, Jóhann har noget godt med fra sin Islandsrejse."
Peter fulgte ham ind i det svagt oplyste, men hyggelige kælderlokale. Langs væggene stod nogle gamle lædersofaer bag små borde, hvor billedblade og formiddagsaviser lå spredt rundt mellem halvfyldte askebægre. I midten af lokalet stod et større konferencebord – vraggods efter den seneste

udskiftning af møblementet på administrationsgangen. Normalt var det rodet til med kaffekopper, pizzabakker og defekt elektronisk udstyr, men i dag var det ryddet, og i midten stod nu en samling små glas og et skærebræt, hvorpå der lå nogle hvide firkanter. Der var en del portører til stede. "Doktor Peter! Godt, vi manglede lige en mand." Jóhann, en skægget kæmpe med langt hår, stod for enden af bordet med en flaske i hånden. Han henvendte sig begejstret til de forsamlede. "Jeg er glad for at kunne dele denne udsøgte ur-teakvavit med jer, det er min mormor, der laver den hvert år til påske efter en gammel familieopskrift, som har gået i arv, så længe nogen kan huske. På spækbrættet er der hvalspæk; det ene går ikke uden det andet. Velbekomme!". Jóhann skænkede i glassene, som gik rundt mellem mændene. Der var en løftet stemning. Peter tog et stykke spæk, og en portør rakte ham det tykke snapseglas med den gyldne, olieagtige væske.

"Nej tak, det går ikke, ikke i arbejdstiden" sagde Peter. De andre kiggede på ham.

"Vil du ikke vedkende dig din snaps, Peter?" grinede Jóhann. "I hjertelæger er sgu også så hellige."

"Ikke hellige, bare frelste" sagde en anden. Mændene gri-nede. "Kom nu doktor, det går nok." Peter kiggede rundt og tog så glasset "Sådan, doktor!" lød det bifaldende. Mæn-dene løftede glassene i vejret i én bevægelse. Der var stille et øjeblik, så drak de alle ud og knaldede larmende glassene i bordet.

Senere, under en journaloptagelse, lød hjertestopkaldet. Peter undskyldte over for patienten – en ung, sorthåret kvinde med hjertebanken – og skyndte sig til sit løbehjul.

Personsøgerens display viste nummeret til sengeafsnittet. Selvom han havde løbet til utallige hjertestop tidligere, føltes det alligevel altid, som om det var første gang. "Bare jeg ikke havde drukket den snaps," lød det i hans hoved; han følte sig nu nærmest omtåget, og angsten for at svigte fik tag i ham. Det var den tykke, skaldede mand, han havde set på stuen for nylig. Der var allerede en sammenstimlen af mennesker omkring sengen, og gardinerne mellem sengene var trukket for, som for at skåne de andre patienter. De lå og kiggede ængsteligt op på skærmene, hvor en af de grønne EKG-linjer nu skilte sig voldsomt ud fra de andre. I stedet for de regelmæssige små QRS-komplekser var der nu en kaotisk takket linje, der vred og vendte sig uden retning henover skærmen. Den tykke mand lå bevidstløs i sengen, elektroderne til defibrillatoren var ved at blive sat fast på det behårede bryst af en hektisk arbejdende sygeplejerske.

"Jeg kender ham ikke, hvem er det?" spurgte Peter.

Sygeplejersken kiggede på ham. "Jeg troede, du kendte ham. Han hedder Jens Kristensen, håndværker, indbragt efter en besvimelse under noget stilladsarbejde. Har ikke frembudt noget i overvågningen – før nu altså".

Peter greb defibrillatorens stødelektroder og placerede dem på patientens bryst. Der sad et plaster på brystkassens højre side. "Har han haft lungedræn?"

"Ja, han faldt 5 meter fra et stillads, højre lunge klappede sammen."

Peter kiggede op. Defibrillatorens hyletone satte ind. "5 meter og bare en sammenklappet lunge? Så må vi håbe at vi ikke mister ham nu." Han trykkede på stødelektrodernes knapper, og det gav et ryk i den tykke mands krop. De kiggede alle på den sorte skærm, hvor den grønne linje forsøgte at samle sig efter det elektriske stød. Et sekund efter grinede den takkede hjerteflimmerlinje igen til dem og fortsatte sit kaotiske, vilde ridt henover skærmen. Peter stødte 2 gange mere og øgede strømmen til det maksimale. Men det djævelske grønne grin fortsatte på skærmen. En sygeplejerske sprøjtede medicin ind i mandens årer. Peter stødte igen 3 gange uden resultat. Der var nu gået 5 minutter siden alarmen, og de omkringstående begyndte at kigge på ham. Han svedte, og snapsen fra i morges brændte i hans mave. Pludselig kunne han ikke udholde tanken om at miste denne patient. "Giv adrenalin igen!" sagde han. Mere medicin blev sprøjtet ind, og Peter indledte en ny serie på 3 stød. De andre patienter på stuen lå stille i deres senge. Vinduet var åbnet ud mod den varme, lyse aprildag og hospitalets grønne indergård, hvor der stod et kæmpe poppeltræ. Gardinerne blafrede i den lette brise, og indimellem trængte lyden af fuglefløjt ind på stuen. Efter det sidste stød forsvandt flimmerlinjen, og kort efter dukkede nogle normale QRS-komplekser op. Folk begyndte at slappe af, men som i en tarvelig spøg dukkede den savtakkede flimmerlinje igen frem med et djævelsk grin. Peter gav tegn til at genoptage hjertemassagen og satte igen defibrillatoren til at lade op. En sygeplejerske lagde hånden på hans arm. "Vi fortsætter!" sagde Peter hårdt. Minutterne gik, og heller ikke den næste serie stød ændrede noget. "Mere adrenalin, kom nu, for guds skyld!"

"Peter, der er asystoli nu. Jeg synes, du sagde, du ikke kendte ham." Peter stødte igen. Hjertestopbehandling er voldsomt, og det sker, at patienter slår om sig, når deres hjerte kommer i gang igen, og de vågner op og ikke helt ubegrundet antager personalet for at være overfaldsmænd. Ved det tredje stød rejste den tykke mand sig op i sengen i en enkelt, kraftfuld bevægelse. Hans enorme arme rakte ud efter Peter og greb ham om skuldrene. Peter slap uvilkårligt stødelektroderne og stod som naglet til jorden i mandens greb. En sygeplejerske kom med et forskrækket skrig. Peter stirrede ind i mandens brændende øjne; hans blik var bydende og uden frygt. Så slappedes hans greb, ansigtet opløstes i et kærligt smil, og hans øjne blev milde. Manden faldt tilbage i sengen, og på skærmen sås nu en normal EKG-kurve. Alle måbede.

Fredag morgen vågnede Peter før solopgang. Han indså, at det ville være umuligt at falde i søvn igen, stod op og klædte sig på. Han fyldte kaffe i termokoppen og kørte ned til strandpromenaden, hvor han parkerede. Solen steg og lovede, at det ville blive en usædvanlig smuk og varm dag. Bøgetræerne var sprunget ud. Det måtte være sket for nylig, tænkte Peter. Solens skive lyste allerede kraftigt over havet og illuminerede disen, der lå som et gyldent klæde over hav og strand. Peter lænede sig med albuerne på den lille stenmur mod vandet og lukkede øjnene mod solen. Da han åbnede dem, så han i silhuet mod solen en mand, der gik i vandkanten. Han følte en pludselig tilskyndelse til at nærme sig, men netop som han besindede sig, vinkede manden til ham. Han gik derned. Manden var tyk og iført et grønt jakkesæt og en gul butterfly. På hovedet havde han en bowlerhat, og buksebenene var smøget op over de behårede, kraftige ben. Bølgerne skinnede perlemorsagtigt i vandkanten og løb som silke henover stranden og mandens fødder. Pludselig kunne Peter kende ham.

"Jens Kristensen!" udbrød han vantro. "Hvordan i himlens navn ... hvorfor er du her? Du kan da ikke allerede være udskrevet." Peter tænkte med raseri på hospitalsadministrationen og deres patientomsætning; det var ikke første gang, nogen var blevet udskrevet for tidligt.

"Du reddede mig jo," svarede den tykke mand, "kaldte mig tilbage til livet. Jeg forstod, at du fortsatte, selv da det virkede udsigtsløst. Så hvor skulle jeg ellers være, som levende, hvis ikke her, hvor denne vidunderlige, gryende dag fødes?"

"Jeg, vi ... Jens Kristensen! Kom med mig, du må tilbage til hospitalet, det er alt for risikabelt at lade dig udskrive så tidligt."

Jens Kristensen gik ham i møde og tog hans hånd. Peter mødte hans blik. Gennem årene havde han set ind i mange øjne, hvor sjælen kæmpede med en grufuld sandhed. I dette blik så han den samme indsigt, men den var lys og varm og uden frygt. Peter mærkede igen en brændende fornemmelse i maven.

"Jeg tror, du har tabt dine nøgler," sagde Jens. Peter kiggede ned og fandt sine nøgler halvt tildækket af sand. Da han rejste sig op med nøglerne, var Jens allerede gået ned ad stranden.

"Jens Kristensen! Hvor er du på vej hen?" Jens vendte sig langsomt. Med let skrævende ben kastede han hovedet tilbage i et stort grin og slog ud med armene, så vendte han sig og gik videre.

På morgenkonferencen fortalte den afgående vagtlæge om det sidste døgns hændelser. "Ja, så gik Jens Kristensen omsider ad mortem. Jeg blev kaldt til hjertestop for nogle timer siden, og vi forsøgte genoplivning i lang tid, men holdt inde efter 15 minutter. Han var ellers lidt af en overlever, først et fald fra 5 meter, og så doktor Peters heroiske genoplivning i forgårs."

En af overlægerne tog ordet. "Det er godt, Judith, vi kan ikke redde alle. Jeg er sikker på, at du gjorde, hvad du kunne. Det var måske bedst sådan, det ville jo være tæt på at være naturstridigt, hvis han blev ved med at overleve. Har han overhovedet været vågen siden?"

"Jeg så ham …" Peter tav.

"Ville du sige noget, Peter?"

"Nej, der var ikke noget."

Sidste dag i X-købing

Peter Engholm

"Velkommen til X-købing, Danmarks yngste og hurtigste by. Byen, der aldrig sover, og hvor drømmene aldrig dør."

Og stedet, hvor alle eks-kendte slår sig ned. Når stjernerne glider ud af gæstelisterne, og de 15 minutters berømmelse skal forlænges, flytter de hertil.

Valdemar vidste det godt. Han havde set velkomstteksten på Facebook-siden og på den sms, han havde fået, da han var flyttet til byen for to måneder siden.

Beboerne i X-købing vidste til gengæld kun lidt om Valdemar, og af det lidt, de vidste, var det meste forkert. De troede, at han hed Danny. Og de kendte ikke til hans plan om at ødelægge byen.

Der er til enhver tid 450 kendte i Danmark. Der skiftes løbende ud på de yderste pladser, men det samlede antal er konstant. Men i dette årtusind skete *kändis-forandringerne* – en reality- og talentshow-epidemi, der skabte en overflod af kendte. Og ingen kur, vaccine eller modgift er blevet fundet – i al fald indtil nu.

Da by- og nattelivet i København var blevet oversvømmet af eks-kendte og tidligere mediedarlings, der vandrede rastløst rundt i håbet om at blive genkendt, fotograferet eller tilbudt gratis drinks, traf fire tv-stationer en drastisk beslutning: at grundlægge X-købing – et fast værested for Danmarks eks-kendte.

Valdemar havde taget toget til et sted i Udkantsdanmark, hvor tv-stationerne havde kunnet overtage en hel by på én betingelse: at de selv fjernede alle "Til salg"-skiltene.

Mobilen brummede:

"Hva' så, Danny – klar til den store finale?" stod der i sms'en, og Valdemar svarede straks:

"Helt klart, Mille – har ventet længe på i aften."

Mille hed Henriette i virkeligheden, men ellers var beskeden sand: Valdemar havde ventet på finalen, lige siden X-købing blev grundlagt for to år siden. Byen var på vej til at blive landets 20. største. Et babelstårn af middelmådighed, som byens indbyggere – hvis de ellers havde haft selvindsigt nok – burde grave dybere i stedet for at bygge højere. X-købing var en skamstøtte over talentløshed.

Det mente Valdemar og Henriette ... samt Ditte, Tobias, Henrik og Sofie. Udefra kunne sekstetten ikke underminere byen – det skulle gøres indefra. Kuren var at lade professionelle udstille amatørerne stort og tydeligt.

Vejen til X-købing havde været svær. Det krævede seks nye identiteter og adgang til tv-shows – lige dén del havde været let, bl.a. med *fake* Facebook-profiler. Det sværeste havde været at blive stemt ud i god tid og ikke at blive afsløret.

Tre trænede vokal-atleter stillede op til sangkonkurrencer, mens den anden halvdel af gruppen havde en mere kompliceret opgave: at infiltrere realityshows. Trioen bestod af to gruppepsykologer og en politisk rådgiver – ingen rævekage skulle bages, uden at de havde skrevet opskriften. Og gruppen skulle kunne planlægge i hvilken rækkefølge, de andre ville blive stemt ud. Dertil skulle gruppen være fysisk veltrænet.

Sangerne Valdemar, Sofie og Tobias havde i snart to år fået yderligere undervisning – men Tobias var kommet til at synge så meget igennem ved prøveoptagelserne, at både castere og fordommere fattede mistanke. Både Valdemar og

Sofie slap igennem som gode amatører. Valdemar havde – takket være lang tids øvelse – formået at synge lidt falsk i tredje runde af X-factor, mens Sofie kom med i en gruppe, hvis øvrige medlemmer hun skyndte sig at lægge for had. Begge blev stemt ud og kunne flytte ind i X-købing – i et af byens fem skyskraber-kollegier, opkaldt efter den første håndfuld Robinson-vindere.

Henriette, Ditte og Henrik skulle igennem til realityshows. De socialpsykologiske, kommunikative og manipulerende kompetencer lå på forhånd fast. Her havde forarbejdet især bestået i at få atletiske kroppe ud af psykologerne og spindoktoren. Henrik havde fået farvet hår og havde trænet en sixpack frem, og Henriette med mere naturlig elegance kunne flashe bikini. Til gengæld slap Ditte ikke igennem castingen – hun havde på forhånd nægtet at få sin A-skål opereret større, og selv om hun flirtede overbevisende med castere af begge køn, kom hun ikke med.

Henrik og Henriette havde – på skrømt – drukket sig i hegnet i realityshowet, og begge havde trådt naturligt ind i deres roller og været i seng med nogle af de øvrige deltagere. Et kors, Henriette bar med et større smil end Henrik, der ganske vist var single, når han på skærmen gav den som den solbrændte charmør Hannibal – reelt var han gift på fjerde år.

X-købing var verdens første by af sin slags – og en gigantisk eksportsucces for tv-stationerne. Men mens andre danske eksportprodukter ofte er en *forædling* af basisvarer, var X-købing efter gruppens mening det modsatte.

Sponseret af Durex, Tempt og Skandinavisk Tobakskompagni tilbød byen de fire elementer, der udgør bunden af behovspyramiden for de forhenværende reality- og talent-kändisser: Vodkavand, kondomer, cigaretter samt kameraer, der er tændt døgnet rundt – i alle rum, i alle bygninger.

Årets finale var i aften – eller rettere: Årets *to* finaler var i aften og i nat. Finalerne, hvor vinderne kunne vinde fornyet berømmelse og dermed en billet ud af X-købing. Sangtalenterne skulle mødes i aftenens finale, og de re-ality-kendte skulle kåre deres vinder først på natten. De reality-kendte blev af talenterne kaldt *nightwalkers* – det officielle sprog i X-købing var danglish, da ingen mestrede hverken dansk eller engelsk perfekt. Nightwalkers huserede i tidsrummet 18-06 – sammen med fraktionen af de mindre kendte Vild med Dans-deltagere, der var blevet stemt ud, før end opvisningsaftalerne med storcentrene kunne komme i hus.

Det overlod scenen – bogstaveligt talt – til talenterne i dagtimerne, hvor mange mødtes i selvbestaltede støvle-lejre og blev bekræftet af ligesindede.

Den største frygt for kvartetten af professionelle havde været at blive gennemskuet af enten byens i øvrige indbyg-gere eller producerne. Ubegrundet, viste det sig: De øvrige indbyggere befandt sig i en permanent *selfie*-tilstand, ude af stand til at interessere sig for andre mennesker end show-dommerne.

Producerne var mere årvågne – derfor turde hverken Valdemar eller Sofie træne stemmerne helt igennem, mens Henriette og Henrik blot kunne nedtone håndteringen af gruppedynamikken lidt og så i øvrigt skrue op for brugen af fitness-rummet. Det viste sig hurtigt, at producernes fokus lå på sexscener, talenternes seervenlige mangel på talent og de indlagte partylege hos nightwalker'ne.

Producerne styrede X-købing – officielt sammen med borgmesteren, der blev valgt demokratisk via et selvstændigt show for en to-måneders-periode. Længere kunne borgmesteren ikke fastholde interessen. Valdemar og hans gruppe satsede på, at den 21-årige Josefine Møller skulle blive byens sidste borgmester.

Producerne samarbejdede med De Ældstes Råd – en gruppe på 20 eks-kendte, der alle var over 30 år. Flere af dem havde en tv-premiere, der lå over 10 år tilbage.

De Ældstes Råd mindede om Folketinget eller et byråd, hvad angår erfaringer med "at skabe alliancer", men hvor Folketinget primært består af medlemmer, der ikke har afsluttet en uddannelse, var medlemmerne af De Ældstes Råd end ikke begyndt på én. Det skaber imidlertid en form for både tryghed og fællesskab, når ingen ved, hvad hovedstaden i Island hedder, eller kan betegne styreformen i Danmark.

Sangtalenternes finale – med titlen *X-ville Sings*, fordi den blev live-transmitteret til 43 lande – var nu, og Valdemar var klar. Det var manuskriptet også, for producerne havde tilrettelagt handlingen på forhånd. Og nok så væsentligt, de havde bidt på den lokkemad, som Valdemar havde givet dem: Han ville synge Whitney Houston-udgaven af "I will always love you".

Dermed ville Valdemar blive den første, der efter planen skulle ryge ud. Lidt for dristigt, at en mand synger den, og lidt for dumt af enhver – siden 1992 – at forsøge sig med dén sang i det hele taget.

"Pænt tøj," sagde en ung kvinde fra produktionen, som forinden havde givet Valdemar hånden uden at præsentere sig. Han var i habit og slips som altid – som Danny.

"Scenen er din. Held og lykke, Danny," sagde hun.

Valdemar var ikke klar over, om det var bevidst, at hun på den måde påkaldte uheld. Han besluttede sig for, at uheldet under alle omstændigheder var på hendes side.

"Jeg hedder i virkeligheden Valdemar," sagde han, men hendes smil var for længst forduftet.

"Så er det altså nu!," lød ordren.

"Du vil synge en klassiker for os. En udødelig sang," sagde den ene dommer, da Valdemar stod på scenen.

"En sang, som gik i graven med Whitney Houston," sagde en anden dommer, der var castet til at være *hende-der-bitchen.*

"Hvorfor gør du det?" spurgte den tredje dommer med ansigtet lagt i indstuderede medlidende folder med udsigt til deltagerens selvmordsforsøg.

"Ja, har du nogle sidste ord?" sagde den anden dommer, og Valdemar registrerede, at publikum grinede.

"Det er en hyldest til en professionel," fik Valdemar endelig indført.

"Du er en amatør, Danny," sagde den anden dommer hårdt – og undrende, for deltagerens svar faldt uden for manus.

"Jeg hedder i virkeligheden Valdemar," svarede Valdemar.

Denne gang blev der tilsyneladende hørt efter. Den anden dommer begyndte efter en pause, der nåede at blive lidt for lang, på en sætning. Valdemar skar igennem:

"Må jeg få musikken?"

Dommerne skævede ud til siden. Fik tilsyneladende et nik

eller et ok, for den første dommer fattede sig med et "Ja, ja, Danny – syng nu bare din sang."

15 års rutine tilsat 2 års manuduktion handlede mest om én ting: At bygge oven på en sublim præstation. Whitney Houston holdt sin stemme for fuldt, vibrerende blus i 13 sekunder i sangens finale, og Valdemar skulle levere en tilsvarende pragtpræstation i 16 sekunder.

Valdemar hørte publikums begejstring undervejs – først tøvende. Han koncentrerede sig om sin vejrtrækning og om at fjerne sig fra dommerne. De andre deltagere kiggede altid på dommerne, der jo var deres vej væk fra X-købing. Han tog mikrofonen ud af holderen, gik ned fra scenen og ud til publikum. Her leverede han finalen. Publikum vidste, at her ville fårene blive skilt fra bukkene. Og publikum kunne høre, at kun ét aldeles prægtigt får stod tilbage.

De begyndte at huje og pifte som gale ... og var det trampen i gulvet, han kunne mærke?

Valdemar gik op på scenen, mens han langsomt fadede ud til slutningen, hvor han sænkede hånden for at få publikum til at holde inde med begejstringen, så han kunne aflevere sin stille – men stadig krævende – afslutning.

Bifaldet var øredøvende, bogstaveligt talt. Valdemar frygtede, at han ville få svært ved at få leveret sin nøje indøvede afskedsreplik. Men det var ikke publikum, der gjorde frygten til lammelse, men producerne. De havde slukket hans mikrofon. Valdemar blev grebet af panik, men huskede at smile.

Det havde dommerne til gengæld glemt, bemærkede Valdemar til sin overraskelse. De så vrede ud. Han vidste, at han havde leveret den forventede provokerende, professionelle præstation. Han havde tilladt sig at håbe på glædestårer hos dommerne. Men de virkede ligefrem gale. Det her var ikke engang langt fra aftalen – det var en revolution, og den slags smiler man sjældent af, når det går ud over én selv.

Han bukkede og vinkede ud til publikum, der ikke kunne se dommernes reaktion – og gik fra scenen. I kulissen så han hende fra produktionen.

"Ja, jeg ved sgu' godt, at Charlotte skal på nu. Men nu har hun låst sig inde på toilettet. Og to af de andre er bare gået. De er væk!," råbte hun i sin headset-mikrofon. Hun fik øjenkontakt med Valdemar og gav ham et isnende blik, som han tolkede som en bebrejdelse.

Valdemar gættede på, at en af de andre var Sofie. Hun havde både været backup-plan og en del af planen: Hvis det gik godt for ham, ville hun fordufte. Hvis det gik skidt, ville hun skinne igennem.

Publikum klappede stadig, men produktionen virkede ligeglad med Valdemar, hvis tæppefaldsplan på direkte tv fortonede sig. Men han var afklaret og søgte mod kælder-trappen. Også her var der kameraer, men nok så væsentligt: Her var ingen mennesker, ingen til at stoppe ham.

Udenfor – ved sideindgangen – holdt Ditte, Tobias og Sofie klar i bilen. De smilede, men sagde ingenting. De var kun kvartvejs i mål. Valdemar ville gøre sin del færdig og tog sin mobil op af lommen og offentliggjorde på Dannys Face-bookside den meddelelse, som havde været forberedt et år. Han lod mobilen ligge på bilsædet.

De kørte i 10 minutter, og Ditte stoppede bilen ved det bestilte hotel. Valdemar tog habitten af, tog et par jeans og en T-shirt på og gik ind i lobbyen og forbi portieren på en så hjemmevant måde, at hun nøjedes med et "Godaften".

Ved værelset fandt han i bukselommen et nøglekort og en mobil. Han lagde sig på sengen.

Han modstod en fristelse, som han noterede sig ikke var så stor, til at tænde for tv'et eller tjekke mobilen. For første gang i lang tid lå han i en seng, der ikke var kameraovervåget.

Han koncentrerede sig igen om sin vejrtrækning og om at tømme hovedet for tanker. Han kunne mærke udmattelsen vinde over adrenalinen. Han vidste, at han ville falde i søvn – og han vidste også, hvad der om få timer ville vække ham.

Han kendte ikke sms-beskedens lyd på den nye mobil, så han var et kort øjeblik forvirret.

Den var fra Henriette og realityshowets finale, der havde kørt fra midnat:

"Vi vandt også. Vi fik også stoppet finalen. Henrik og jeg var alene til sidst. Vi fik resten af holdet (og nogle af producerne!) til at græde. Af skam. De lovede at melde sig til 10. klasse og afvænning – og flytte fra X-købing. Henrik så ind i kameraet til sidst, afslørede sin identitet og sagde: "Vi er kejserne, og vi siger, at *I* ikke har noget tøj på"."

Valdemar tændte for tv'et og fandt 24-timers-kanalen *X-K*. Skærmen var sort.

Brasilianske undertoner

Greta Seiffert

"Nej, nej, nej, så pas dog på!" råbte Torben. "Pas dog på!"

Men da var det allerede for sent. Skaden var sket! Hun havde stødt sin hage ind i det øverste af dørkarmen ind til soveværelset.

Det var ellers forholdsvis tidligt på sæsonen og endnu lyst udenfor. Hun var gået efter sin smaragdgrønne, hjemmehæklede striktrøje med de ekstra lange ærmer. Den, han så godt kunne lide at se hende i søndag eftermiddag i havestuen.

Dørkarmen var af godt, gedigent blåmalet træ og på ingen måde til at bide skeer med. Der var kort sagt ingen kære mor. Kun kontant afregning ved kasse 1. "Av for den da osse!" blev der stønnet højlydt. "Av for satan!"

"Har jeg ikke sagt til dig, at du skal lade være med at lægge nakken så langt tilbage, når du går, så du ikke kan se, hvor du er?" sagde han. "Det kan jo ikke nytte noget, at vi skal på værksted med dig hver og hver anden dag for at få din underkæbe eller et andet stykke kød syet fast igen. Bare fordi du partout skal holde fanen så højt, at du ikke kan komme igennem en døråbning uden at skrabe på. Det er sgu både for dyrt og for besværligt!

For det første ligger det nærmeste dyrehospital vel efter hånden godt 190 km væk. Det var noget nemmere, dengang vi kunne nøjes med at køre rundt om hjørnet. Da kunne vi lige losse dig op i trillebøren og så afsted. Men den tid er forbi! Kun fordi det skal være smart at samle alting i store kasser. Det hele skal være så effektivt! De tænker sgu ikke på, at nogle af os er klodsede eller uheldige og har brug for hjælp med jævne mellemrum. De tænker sandsynligvis heller ikke på, at vi skal ud på en dagsrejse, før vi kan blive lappet sammen igen ...

For det andet skal vi jo resten af året selv betale for eventuelle reparationer, fordi vi har opbrugt vores årlige kvote på 10 besøg, eller hvad vi nu skal kalde dem. Og hvorfor er det så lige, vi har det? Der skal immervæk en del til i dag, hvor du både er opdateret, velsmurt og rimeligt selvkørende.

Det skal jeg sige dig, Kirsten, for det tilfælde at du skulle have glemt det! Det har vi, fordi du noget der ligner femten gange i løbet af det sidste halve år, har baldret dit oprindelig meget smukke hoved lige lukt ind i den ene hårde genstand efter den anden.

Forstå det, hvem der kan. Jeg kan ikke! Det overgår ganske enkelt min forstand.

Du har jo ud over brillerne, som altid sidder der, også tykke kontaktlinser på, når du er vågen, så vidt jeg ved. Hvordan bærer du dig ad?"

Kirsten stod og rensede negle med en bøjle og så ikke ud, som om hun havde tænkt sig at komme med forklaringer, så han fortsatte bare:

"For det tredje er vores bil, som du ved, blevet afhentet. Derfor er vi afhængige af offentlig transport, medmindre vi kan klare det på den trehjulede. Alt sammen fordi vi i stedet for at betale afdrag besluttede at tage en smuttur til Brasilien i to måneder sidste vinter. Der var du i øvrigt også fandens uheldig og fik knaldet panden ind i hagen på en forbipasserende på stranden. Den regning er vi vist ikke færdige med at betale, er vi?" Han fik stadig kun tavshed ud af Kirsten.

"Det, der kunne have været afsluttet på kort tid, viste sig at være mere indviklet end først antaget. Fordi du blev hængende i hans skæg! Og I var slet ikke til at få fra hinanden.

Vi måtte 'ba bu ba bu' afsted med dig og ham, som du skulle være gået langt udenom.

Vi, dvs. ham, hans kone, du og jeg, ville selvfølgelig meget gerne have jer skilt ad. Det både af hensyn til loven, som desværre for nogen forbyder bigami, og af de mere praktiske grunde, som må være åbenlyse for selv de mest snæversynede og svagtseende.

Ud over det, kom manden jo også fra Finland!

Så da vi, i hvert fald de fleste dage, foretrækker vores liv i Danmark, var der kun én udvej. Desværre også den dyreste, nemlig at gå efter total separation: 'Cut Eddie!'

Uvist af hvilke årsager havde hans lange fipskæg på forunderlig vis nået at få snoet sig ind i dine indbyggede briller.

Det var umiddelbart noget af en opgave at forsøge at finde ud af, hvad der var hvem, og hvem der var hvor. I var umulige at kende fra hinanden, medmindre man kendte jer i forvejen, og så skulle man alligevel kigge virkelig godt efter.

Spørg mig ikke, hvordan det gik til, eller hvordan det overhovedet lykkedes portørerne at få jer op på det store bord i Modtagelsen uden brug af løfteværktøjer.

Spørg mig heller ikke, hvad de tænkte, da de så jer. Eller hvordan de skulle kunne nå at få jer delt i to, inden hans brune skæg havde vokset sig fast i dine lange, røde fletninger.

Ved første øjekast skulle man ikke tro, det kunne tage lang tid. Men de var nødt til at tage hensyn til, at dine briller ikke kunne tages af under operationen. Hvilket gjorde det hele mere indviklet.

Og for at gøre det hele meget værre var de også under

tidspres! På et tidspunkt ville I være groet helt sammen, hvis de ikke nåede at få jer separeret i tide..

Men bortset fra det, så så I rigtig søde ud, som I lå der på bordet iført strandsutter og matchende badetøj. Næsten som om det var noget, I havde aftalt. Gud nej, det var det vel ikke, var det? Det slår mig først nu, her flere måneder senere.

Når jeg tænker over det, synes jeg egentlig, det var påfaldende, så roligt I tog det. Jeg mener: I lå der i fuld offentlighed, to tilsyneladende for hinanden fremmede kroppe i badetøj, meget tæt sammenslyngede.

Det ville de fleste nok ikke have taget særlig roligt. Jeg ved, at jeg ikke ville.

Men det gjorde I altså! Det kunne jeg måske have sagt mig selv, at der måtte være en logisk forklaring på?

Hvorfor har jeg ikke tænkt på det noget før? Går jeg da rundt og sover med skyklapper på?

Det var faktisk mest dig, der ville afsted. Og du var kun interesseret i Brasilien, og kun lige præcis i det sted, hvor vi endte.

Vi skulle absolut afsted lige i den periode, hvor det var aller-aller-varmest, og derfor også hundedyrt! Det undrede jeg mig faktisk over.

Vi har aldrig været i Brasilien før, og du plejer ikke at være så pjattet med de lange flyveture eller solrejser i det hele taget. Pludselig skulle vi bare derned, og det var lige meget med alt andet.

Vi havde ikke ligefrem penge hængende på træerne, og det har vi stadig ikke!

Måske har jeg haft mine bange anelser og har lukket øjnene? Vi debatterede det vist ikke. Hvis jeg husker rigtigt, blev det bare, som du ville have det. Sådan går det jo ofte, ikke, Kirsten?

Du var i bikinitop og sarong. Han havde en, ikke overraskende, meget behåret, bar og halvbleg, lasket overkrop hængende over sine hawaiimønstrede boxershorts. Det var svært at se med det blotte øje, at I ikke var et par. Og milde Moses, det var I måske også?!! Og måske er I det stadig???"

Han fik ingen respons fra Kirsten. Hun var lykkelig! Fuldstændig opslugt af sit nye foretagende: Hun var gået i gang med at støvsuge sin lilla stråhat fra Brasilien, som hun havde glemt alt om midt i alt det andet, der havde været den senere tid.

Den havde ligget oven på klædeskabet i soveværelset og var blevet godt støvet og en væsentlig del større ...

Torben fortsatte ufortrødent, selv om han var kraftigt i tvivl om, hvorvidt han talte for døve øren:

"Det meget brasilianske hospitalspersonale, der brugte gebrokne engelske gloser, arbejdede i døgndrift i 4 dage, før de med sveden haglende ned under de hvide operationshuer kom ud og sagde: 'Tillykke! Det blev en lille, lilla stråhat!'"

I samme sekund han sagde det, fik han set ind i Kirstens øjne. Hold da helt op, hvor de strålede!

Hun havde i mellemtiden fået støvsuget færdigt og havde sat hatten på skrå i sit store, røde, krøllede hår. Hun storsmilede simpelthen!! Det var lige før, hun var ved at krakelere...!

"Kan du da ikke se, det må høre op! Have en ende, finde sin afslutning, Kirsten?

Det kan ikke blive ved på denne her måde! VI kan ikke blive ved på denne her måde!

Har du da lukket helt af for verdens realiteter? Hvad skal det dog ende med?

Du har hovedet under armen! Desværre kun i overført betydning, ellers stod vi slet ikke her midt i suppedasen, hvis jeg må være så fri.

Og alt for mange bolde i luften, det har du også.

Ydermere er du, hvis sandheden skal frem, også en anelse skeløjet. Det bliver det jo ikke ligefrem lettere af. Jeg ved godt, det sidste ikke er noget, du kan gøre for, men nu er det altså sagt!"

"Så slap dog af!" råbte hun tilbage. "Der skete jo ikke noget alvorligt! Der er kommet en lille bule - i dørkarmen - og den skal alligevel snart skiftes. Eller er det huset, der snart skal udskiftes? Det har jeg glemt. Det kommer ud på ét. Det er ét fedt. Døde ting får skrammer. Det gør ingenting. Så kan de sgu lære at lade være med at være så sarte og være på det forkerte sted på det forkerte tidspunkt!

Kan du argumentere mod det, skat? Dørkarmen og huset står endnu, og det gør jeg også.

Er der nogen grund til at køre mere i det og tærske langhalm i lange baner, eller skal vi lave noget sjovere, nu mens vi er her? Det er søndag, og fuglene synger. Hør selv!"

Der var tydeligvis stadig liv i hende, selv om hun ikke havde sagt noget i meget lang tid.

Torben kiggede lidt på hende, som hun stod der med den grønne væske piblende ud af hagen.

Hun kunne åbenbart ikke mærke det, eller også var hun ligeglad.

"Du er ikke til at blive klog på! Du er både svær at komme uden om og at undgå at holde af.

Og det endda selv om du nok var ude på sjov i Brasilien!!!

Jeg må jo være tosset! Enten tosset med dig eller tosset i det hele taget?"

Hvis han havde forventet, at Kirsten ville svare, så måtte han tro om igen. Hun havde da andet at tage sig til og var noget så uinteresseret i, hvad han gerne ville vide.

Hun var begyndt at lave små dansetrin, mens hun nysgerrigt studerede sine fødder, som var det første gang, hun så dem.

"Skal vi vente et par timer og se, hvor mange liter der løber ud, mens du er i lodret? Eller skal jeg hente klipsemaskinen med det samme til lige at få lukket hullet med?

Du kan tørre det værste op med din underkjole imens. Hvis du altså kan løsrive dig.

Hvad siger du, Miss Sunshine? Er du frisk på lidt klipseri?

Du aldrig har mærket noget til det, hvis jeg skal tro dig på dit ord. Vi har efterhånden repareret dig en hel del gange igennem årene.

Så kan vi vel lige så godt få det ordnet med det samme, inden du glider i den pyt, der er ved at samle sig rundt om dine af og til smukke, men efterhånden noget trekantede fødder.

Det er hurtigt overstået, og klart den billigste løsning!

Det sparer os noget tid, så vi kan komme ud i haven og nyde det, der er tilbage af søndagen.

Og inden jeg helt glemmer det: Vi skal have skåret dine

fødder til i dag, ellers passer dine sko ikke i morgen. Og så har vi balladen igen ...

Bagefter skal du have genopladet dine batterier! Der er ingen vej udenom! Jeg ved godt, du ikke har lyst, men sådan er det. Det er ved at være noget tid siden sidst, og det er faktisk mere vigtigt end have, kaffe og alt muligt andet."

Kirsten tog resolut sin næsten nye, meget dyre underkjole af og smed den på gulvet oven i den grønne pyt.

Derefter kørte hun den stille og roligt rundt med højre fod, mens hun fløjtede: 'Der' ingen bånd, der binder mig ...'

Hun så ikke videre køn ud, som hun stod der i nøjagtig den samme mundering, som han havde skabt hende i engang for alt for længe siden. Hun var sgu blevet noget medtaget.

Man skulle nok være både blind og halvdøv for at undgå at blive dårlig ...

Alligevel følte han sig stadig en lille smule forelsket eller nærmere beruset – beruset af hendes nye udstråling? Beruset af kærlighed? Og dog! Måske snarere svimmel?

For ikke at sige godt gammeldags forvirret og rundtosset ...

Lige dér gik det op for ham, at der var mere end den ene kvote, han tidligere havde talt om, som var opbrugt. Men det måtte vente til senere ...

Gulvet var blevet tørt, mens han havde snakket.

Kirsten løftede underkjolen op med den venstre hånd, som altid hang og dinglede i knæhøjde.

Den blev rystet lidt og trukket på igen, mens hun sørgede for, at stråhatten forblev på hovedet.

Underkjolens fine, hvide blonder var nu dækket af store, grønne plamager.

"Pyt med det! Det tørrer om lidt. Solen skinner jo!" sagde hun.

Så smilede hun sit store, efterhånden sjældne, men lidet tiltrækkende smil med de skæve, misfarvede tænder med lidt for store mellemrum på grund af alle hendes uheld.

Torben nåede lige at få set spidsen af de bageste, sorte tænder, før han måtte vende sig om.

Dårlig var vist mere passende end beruset ...?

Hun havde ikke bemærket noget, men det var ikke usædvanligt. Hun havde alt for travlt til at observere ret meget andet end det, hun selv var i gang med.

Den hjemmehæklede striktrøje blev revet ud af skabet og taget på. Hun var meget godt tilfreds med sit nye outfit.

"Nå! Skal vi have noget ... kaffe?"

"Det er godt nok utroligt med dig! Du er noget mere sejlivet, end godt er! Din slags går der altså ikke mange af på dusinet! Ikke mere i hvert fald! Men det er jo på den anden side også længe siden, du var et hit, ikke?

Hvis du stadig var på mode, så ville jeg sgu nok have været millionær nu!

Sikke et liv, VI – eller rettere JEG – kunne have haft."

I et splitsekund var der en anelse usikkerhed, grænsende til sorg at spore i Kirstens store, blå øjne. Han nåede lige at se den, og så var den væk.

"Nu må det være nok med det dagdrømmeri! Tilbage til virkeligheden!

Vi skal have fat i klipsemaskinen, så du ikke når at udtørre helt i dag," sagde han.

"Jeg kan stadig huske sidste gang! Det er heller ikke specielt lang tid siden, så det er let nok".

Kirsten så desorienteret ud, præcis som han havde regnet med.

Det gjorde hun temmelig tit for tiden. Hun var vist mere interesseret i at genopdage sine fødder og de brasilianske lyksaligheder ...

"Hold op, hvor var jeg træt den dag!

Jeg troede aldrig, det ville lykkes mig at få pustet liv i dig igen!

Det er så besværligt at få dig fyldt op, hvis du først er blevet tømt.

Jeg ved godt, du nærmest er ligeglad, for det jo ikke dig, der skal gøre arbejdet!

Ligesom du også slipper for at se på dit tomme hylster imens, ikke? Jeg kan selvfølgelig også bare give slip på dig. Det skal jeg jo, før eller siden ..."

Hun trak vejret

Malene Gude

Hun vidste *alt* om at trække vejret. Ind igennem næsen, ud igennem munden. Langsomt, langsomt. Med lyd på. Det gav sådan en *ro*. Man kan, hvad man vil, og bare man trækker vejret, skal alting nok lykkes! Hun boblede. *Strålede*. Det var utroligt, som bare det at fokusere på det indre kunne gøre en forskel. Tænk positivt, og ting skal komme til dig! Det sørger vejrtrækningen for. *Pauserne* for. Selvom politiet banker på døren og vil ransage vinkælderen, garagen, soveværelset, gæsteværelserne, og tager dine gemte, opsparede sedler i viktualierummet, så er det jo kun ting. Bare du lukker øjnene og tææller – trækker vejret ind, puster ud: eeen; trækker vejret ind igen, puster ud: tooo – så er det hele jo ikke så slemt. Det havde hun gjort – det *virkede*!

Så hun stod der i zen og ventede smilende på bussen. Havde købt yogabøger og selvhjælpsbøger og Dalai Lama og *Mindfulness* og forstod i den grad nu, hvor vigtigt det var at være i kontakt med sig selv. Fokusere på bare at *være*. Hun forstod alting meget bedre. Dybden i Mastery of Love. Pointen i Alkymisten. Man skal bare give slip på det, man elsker. Hvis man virkelig elsker. Og forfølge de mål, man ikke ved, man har. For så snart du har lavet dit wish board – så er det, som om det hele *materialiserer* sig.

Det materialiserede sig. Fuglene sang, solen varmede, og 193'eren kom. Chaufføren nikkede venligt tilbage. Glæden hævede sig som musik i brystet. Selvfølgelig. Smiler man til verden, smiler den tilbage. Det er jo i virkeligheden en fantastisk ting ikke længere at have bil. En fantastisk *chance* for at lære at tage den med ro, helt bogstaveligt talt. Og sådan en god ting ikke bare at tage ting for givet. Forstadsfruer i firhjulstrækkere! Sådan havde hun aldrig betragtet sig selv. Selvfølgelig var det frihed at have en bil. Selvfølgelig er det bøvlet, at aftaler kun kan nås i 20, nogle gange 60 minutters intervaller. Og selvfølgelig er der masser af spildtid, havde hun opdaget. Men i virkeligheden er det jo ikke frihed, når du ikke længere kan betale afdragene på din bil. Det er frihed ikke at skulle det. Du skal bare *planlægge.*

Bussen brummede dejligt. Nærum Station om lidt. Skat var flyttet. Pelshandleren var der endnu, men han lukkede vist den anden butik. Den havde snart holdt flyttesalg lidt for længe, havde hun opdaget, når hun jumpede busruter for at komme over på den anden side af skoven og besøge sin mor. Gamle kone. Flere andre butikker derude på Alléen var også lukket. Og på Strandvejen. Herhjemme havde posthuset ligget tomt længe. Hun lukkede øjnene. Hun ville hellere tænke på nogle af de neutralt emballerede pakker, hun havde hentet igennem tiderne. *Fnis.* En underlig blanding af boghandel og postbutik, dér hvor man skulle hente sine pakker nu om dage. *Fnis* – ikke over boghandleren, de havde det vel også svært i øjeblikket – men over *pakkerne.* Alting lukkede. Bageren havde vist også solgt, havde hun hørt. Men: 'Everything *is* impermanence,' sagde den smilende munk i det orange lagen. Så *sandt.* Det kunne hun holde fast i. Der er vel kun én ting, man kan være sikker på her i livet – at intet varer evigt, og alting forandres. Før eller siden. Hun lukkede øjnene. Egentlig vil man jo gerne have, at de gør det. Tingene. Altså at de forandrer sig. Eller forandrer én. Hvis man ikke selv får taget sig sammen.

Bussen brummede videre. Egentlig gik det jo hurtigt. På de bagerste sæder var det, som om alting vibrerede. Måske var det motoren. Det var det nok. Men måske var det også hende. Hun *vibrerede!* Fnis! *Lyste.* Forandringer var jo ikke kun af det onde. Var det ikke for dem, var hun aldrig begyndt på det med *vibrationer* – haha. Der skulle jo ske noget. 23 år er lang tid med det samme. Same same, as they say ... Så hun havde både læst "Tag mig" og "Vær Åben". Og havde gjort, hvad hun anbefalede, hende Joan. Fokus. Giv dig selv opmærksomhed. Forskellige steder, haha. Deltaget på nogle af hendes foredrag. Det var dér, hun havde fået ideen. Han var den rette mand på det rette tidspunkt. De ting, han *gjorde!* Der piblede flere fnis frem forskellige steder i kroppen, når hun kom til at tænke på ham. Hver ting til sin tid. Men han var godt nok ... *dygtig.* Hun lindede lidt på jakken. Hun kunne lugte sin egen søde sved. Hvorfor hænge rundt på kødmarkedet derude ved akvariet og ikke vide, hvad man får med hjem, når man kunne købe sig til en ekspert! Ja, det var jo godt nok lidt alternativt – også det der tantra, men ... Han havde lært hende så *meget!*

Nu var det ikke bussen. Det var hende. Hun summede. Skønhed kommer indefra, og det gør det sexede også. Hun havde kunnet lægge alt og alle ned i den periode, hvis hun havde villet det. Hun kunne ikke gå igennem supermarkedet eller gå til forældremøde, uden at hun kunne mærke det. Hende, der aldrig i sit liv havde set sig selv som noget særligt. Og som også mente, at det var for billigt at sende de signaler. Det var jo *snyd*. Ikke at man ikke måtte snyde. Hun havde da selv fået lavet bryster for nogen tid siden, men ikke for at få dem større. Det var en rekonstruktion. For at få det tilbage, som hun havde haft, og som ikke var mere. Alle gjorde det jo, så hvorfor ikke også hende? Alle snød jo lidt hele tiden. Men hun snød ikke. Hun var ægte. *Autentisk*. Fordi hun *summede*.

Så hun sad der i bussen og trak vejret og brummede, og summede, og mærkede sin krop, og vidste, at det hele *virkede*. Skolen passerede, bussen kørte i 2. gear op ad bakken mod hendes gamle hus, inden den drejede til venstre ned mod kroen. Kroppen er dit tempel. Den skal dyrkes. Jaahhh! Hun havde også vænnet sig til at lave sine bækkenbunds-øvelser, når hun kørte i bus. Det var så godt for så meget :0)! Men hun løftede selvfølgelig også vægte. Yoga, svømning, løb, *fitness*. Styrketræning er nødvendig, når vi når over de 40. Især for kvinder, for styrkelse af knoglerne. Mænd på hendes egen alder ville også helst have, at kvinder skulle være faste i kødet. Spændstige. Smidige. Flad mave. Det vidste hun fra ham, hun så nu. Hun kunne spørge ham om *alt*. Også det, som havde været for pinligt at spørge om før. Hun måtte ganske vist af og til ignorere en opædende følelse af snigende, kvalmende jalousi og vrede for at holde ud at høre svarene. Men åbenhed er vigtig. Det åbne parforhold. Da han fortalte, at de unge piger var fascinerende, fordi de var *unge*, og at de kunne mindst lige så meget som de voksne, så blev hun ikke sur, men var så *åben* og *accepterende* og *rummelig*. *Glad* for, at hun trænede sin krop. Den var som en 30-årigs i den første tid, hun kendte ham – da hun havde set træningslyset. Da hun endnu ikke havde opdaget afhængigheden af den personlige træner. Af dansetimerne. Af sveden fra Pump. Undervejs fandt hun ud af, at det ikke var nok for ham. 'If you love someone set them free.' Så hun havde købt ham happy-ending-massager og øvede sig i at undertrykke den dunkende lyd af blodets susen for ørerne og metalsmagen i munden, når hun gang på gang opdagede, at han havde renset iPad'en for historik, fordi han havde set porno, imens hun lavede mad.

Eller chattede med gamle 'veninder'. Hun trak vejret. Det *virkede*!

Ved stoppestedet ved Hestefolden steg der au-pair-piger ombord. Filippinere. Flere. Små og mørke. Pludrende. Langt væk hjemmefra. Ved Søllerødgaardsvej nogle teenagere. Fra Nærum sad der i forvejen et par pensionister og ham, der også tit sad og hang på Torvet. Han måtte have drukket pengene op i stedet for at hælde brændstof på knallerten. Havde han bare sat sig fremme i bussen. Eller i det mindste ved de store døre. Han lugtede. Tis, sved. Puuh. Stanken bredte sig støt bagud i bussen. Det blev stadig sværere at trække vejret gennem næsen. Det strammede også lidt til med den rolige vejrtrækning i det hele taget. Han kunne godt lide fremmede damer. Ham, hun så nu. Især østeuropæiske kvinder med meget makeup. Hun syntes, de så billige ud. Hvad er der galt med det? syntes han. Hun var også så fornem. Ja, *var*. Hun var ikke spor fornem længere. Følte faktisk, at det billige smittede af på hende. Og måtte også konstatere, at det var lang tid siden, hun havde kunnet fylde noget lækkert, nyt tøj i klædeskabet, og at det var over et halvt år siden, hun sidst var blevet klippet og havde fået frisket striberne op. Ikke at det ydre betød noget. Skønhed kommer jo indefra, og Joan mente jo også bare, at så længe kvinden var glad og ubekymret og tilbad hans pik, så ville han attrå hende og komme tilbage hver gang. Når han lige havde fået frihed til en tur i byen med drengene. Hun måtte åbne munden og undertrykke trangen til at holde sig for næsen. Ham fra torvet var stadig ikke stået af. Det var derfor. Der er mange glæder ved at køre i bus med de få andre, der ikke har råd til bil. Ikke at det er så meget billigere nu om dage, hvor man kan lease. Man skal bare have til udbetalingen ... *Een, too, tree*...!

De var nu ellers så glade, de teenagere. Hun kunne ikke lade være med at iagttage dem. De unge, glade mennesker. Den største havde nok været den, der havde haft det sværest. En sårbar alder. Først en fallit, så en ransagning og beslaglæggelser. De tog alle deres computere! Så en skilsmisse, så en retssag, som alle kunne læse om i avisen. Mange lod som ingenting. Nogle få var deltagende. Enkelte tvetungede. Folk, der kendte dem godt, havde kommenteret, havde hun hørt, at det havde de da rigtig godt af, og der måtte jo være noget om snakken. Børnene var til alt held så meget i balance. Hendes dejlige børn. Virkede det som. Men hvordan kunne hun egentlig vide det? Og hvad kunne man overhovedet gøre, hvis ikke? Senfølger er jo noget, der kommer senere. *Hvis* de gør. Der kriblede en gysen op ad hendes nakkehår. Hvad gjorde alt det her ved hendes børn på langt sigt? De glade unge mennesker. Man kan også *holde* vejret. *Længe.* Rigtig længe. Helt. Det havde hun faktisk overvejet.

Bussen passerede slottet og kroen. Det vigtige var, at hun var på *vej*. Efter syv onde år kommer syv gode. Alt godt skal komme til den, der venter. Og som gør sig fortjent. Hun syntes, hun virkelig havde gjort sig umage. Behandlet medarbejderne godt i forløbet. Afskedigelserne var naturligvis nødvendige, men de havde da fået deres løn hver gang. Selv fik hun ikke løn. Det nyttede ikke noget. Du ender bare med at skulle betale det tilbage, sagde de. Hun havde måttet hæve alle sine pensioner for at få til indskuddet til lejligheden. Og så var der ikke mere. Det beslaglagte fik de nok aldrig igen. Hverken ham eller hende. Alle værdier lå i firmaet. Som ikke fandtes længere. Gys, hvad gjorde hun, når hun ikke kunne arbejde længere? Men det var sorte tanker, som hun kun tænkte i *få* øjeblikke. Hun var god til at skubbe dem væk. Alt i alt var hun jo *glad*. Alt i alt. Trænede, mediterede, følte, at hun var *på en rejse*. Hun anede ikke hvorhen, men det behøver man vel ikke altid vide. Du er så *stærk*, sagde de alle sammen. Du tager det så *pænt*. De anede ikke, at hun eksternaliserede. Flygtede. Det vidste hun heller ikke selv i starten. Men ellers var hun nok gået i opløsning. Var faldet fra hinanden. Hvad nu, hvis hun ikke fandt alle brikkerne igen? Træk *vejret*!

Så hun ledte efter lyspunkter. Samlede på dem og lod dem lyse på sig som solcellelamper i mørket. Og det *virkede*! Prøvede at lade være med at diagnosticere sig selv. Hendes læge mente ikke, hun var stresset. Det var hun nok heller ikke. Hun *copede*. Men hun havde svært ved at samle sig om at læse i andet end portioner – hende, der elskede at læse – og havde svært ved at finde almindelige ord i hjernens krøluld –

hende, der havde klæbehjerne. Det havde også taget hende lang tid at finde ud af at arbejde igen. Dagene gik, og kroppen ville hellere træne. Der var så *meget*. Det var svært at *samle* sig. Det var en overvindelse at gøre noget til tiden. Deadlines! Så det var på en måde heldigt nok, at der ikke var arbejde at få. Man fastansatte ikke i øjeblikket inden for hendes felt. 'What you eat is what you kill.' Det gik hun så ind på. Det var de inkarnerede sælgere, der var efterspurgte. Ikke folk med hendes profil, der gik op i faglighed. Der skulle skubbes varer over disken. Så hun var sulten. Men hun kostede dem jo heller ikke noget. Og *klarede* sig. Fra dag til dag. Når hun ikke regnede på det.

De kørte forbi Solvej og Kirkegården og nærmede sig nu tennisbanerne. Hun kunne godt have tankemylder. Og have svært ved at skubbe sine tanker til side. Hun vidste godt, at det var hendes egen tænkning om sine tanker, der var det største problem. Så hun skyndte sig at meditere sig væk fra dem eller løbe dem sønder og sammen, så hun til sidst bare var en lalleglad, svedig ballonpumpe. Dopet af kroppens egne endorfiner. Flyvende. Det var gratis, og det var så *fedt!* Hun havde styr på det.

Men så i dag havde hun åbnet postkassen.

Der havde ligget flere breve. Egentlig ikke usædvanligt. Rudekuverter, som hun kun kendte alt for godt nu. Hun havde ellers aldrig været bange for rudekuverter. Havde været nærmest blank, når hun hørte om andre, der havde dem liggende i bunker uden at åbne dem. Nu havde hun det selv. Så hun var immun. Troede hun.

Hun kendte logoet så udmærket. De havde i øvrigt skiftet det ud i løbet af i den tid, hun havde boet der. Det var ikke ualmindeligt for hende længere at få det samme brev flere gange – bare med renter på. Det var dyrt at være fattig. Især her. Det hobede sig op, men hvad kunne hun gøre? Hvis det var mig, sagde hendes veninde, så havde jeg været lige til den lukkede. Det *pres,* du må være under! Hun følte sig ikke presset. Hun følte sig lam. Nær død. Hun anede ikke, hvad hun skulle gøre. Hun havde aldrig i sit liv skyldt nogen noget. Hun havde betalt alle sit – og lidt til. Hun lukkede af. *Overlevede.* Trak vejret og *klarede* sig. Helt ad helvede til.

Indtil hun åbnede brevet. Det kunne hun jo lige så godt. Åbne det. Det var tredje gang, hun havde fået den samme opkrævning. Hvor svært kunne det være? Men det var det. Hun åbnede brevet. Det kunne hun jo lige så godt. Og hun læste den første sætning og mærkede, hvor svært det var. Selvom hun læste indenad, og det var meget enkelt formuleret. At *forstå* det. 48 timers varsel – fra brevets afsendelse! Hun havde klaret så meget. Men dette her! Så paragraf-koldt. Det bredte sig som frostsprængninger fra hendes nakke og op i baghovedet. Eksploderede som hvidt lys i hendes pande. Hun koldsvedte. Der var frost i hendes årer og iskrystaller i hendes lunger. Hun mærkede en ukendt panik slå hende som stød fra det elektriske hegn, hun kom til at hænge fast i med træskoen som barn. Så varmt, at det var koldt. Hun registrerede et øjebliks hvid støj og et hvidt snit. Helt ned i reptilhjernen. Det var jo egentlig ikke det store. Enkelt for dem. Sådan er reglerne. Men hun havde spillet efter alle regler, syntes hun, og her stod hun. Man får ikke som fortjent.

Hvad du sender ud, får du *ikke* igen. Hvor kom alle de ideer *fra*?! Hvad byggede de *det* på? Et liv i overflod?! Hun havde været et godt menneske – også før – mens honningen flød. Nu var honningen kun fortid, der klæbede. Ikke at ligge nogen til last. End ikke eks'en, selvom det var helt almindeligt, at eks-konerne levede meget bedre end eks-mændene for den halvdel, som ikke var investeret og forsvandt. Ikke hende. Hun havde på intet tidspunkt bedt nogen om noget. Det var heller ikke en kommune, hvor man var vant til, at folk ikke kunne klare sig selv. Med mindre man var stofmisbruger eller alkoholiseret. En stakkel. Ikke ressourcestærk. Hun havde hele tiden forsøgt at klare sig – *selv*. Det var vist ikke gået så godt.

Med brevet i hånden var der ingen idé i at trække vejret. Det kom selv pulsende ind over hende. Det hyperventilerede, uden at hun gjorde noget. Formede hvidlige stjernesprøjt for øjnene af hende og skreg i hendes ører. Det sprintede af sted med hende. Med overlydsfart. Smadrede ned i hendes hjerne som en kirkestage. Hun var en blæsebælg, de bølger, der splintrede molen i en efterårsstorm. Hun var snart 50 år gammel, og hendes puslespil var nu endelig pulveriseret.

Nu passerede de Søvej. Rådhuset næste stop. Her var det forår, og bøgene stod i klorofylgrønt. Hun var endelig blevet rolig nu. Hun trak *vejret*. Hvor længe hun havde ligget der, vidste hun ikke. Hun havde hundehår i savlet i sin mundvig og riller fra kludetæppet på sin kind, kunne hun mærke, da hun samlede pulveret op. Ejendomsselskabet havde været nedladende, da hun ringede. Litha mente, at firmaet jo ikke kunne lege *bank* for hende. Og sådan var *reglerne*. Hun kunne godt selv høre, at det lød patetisk, da hun forsøgte at forklare sig. Hvem skulle da egentlig også tro, at det var andet end syge undskyldninger? Ellers boede man vel ikke i sådan et postnummer.

Så nu var hun på vej. Næste stop borgmesteren. Måske hun kunne finde modet til at banke på hans dør. Ikke blive standset af en varan i forkontoret. Måske var hun heldig. Held havde ellers ikke været det, der havde været mest af. Syv onde år. For børnenes skyld. For hendes skyld kunne hun bare fortsætte, til der ikke var flere stop på ruten. Stige af ved stationen og stige på toget. Fortsætte ud i ingenting. På vej. Man skal gå sin egen vej. Vandre. Så *materialiserer* den sig. Du vil se tilbage og opdage, at det var en *proces*. Hun følte, at der allerede var processeret. Hun var kørt ned på vejen, som en kælekat, der kom til at løbe ud af haven. Man kan ikke stå med oprejst pande, når man ligger ned.

Bussen passerede Rådhuset. Krydset. Hun skulle snart stå af.